KB033866

아프지만 생각보다 나쁘지 않아

아프지만 생각보다 나쁘지않아

1판 1쇄 2020년 1월 15일

지 은 이 이유정
발 행 인 주정관
발 행 처 북스토리㈜
주　　소 경기도 부천시 길주로 1 한국만화영상진흥원 311호
대표전화 032-325-5281
팩시밀리 032-323-5283
출판등록 1999년 8월 18일 (제22-1610호)
홈페이지 www.ebookstory.co.kr
이 메 일 bookstory@naver.com

ISBN 979-11-5564-196-5　03810

※잘못된 책은 바꾸어드립니다.

이 도서의 국립중앙도서관 출판시도서목록(CIP)은
서지정보유통지원시스템 홈페이지(http://www.seoji.nl.go.kr)와
국가자료공동목록시스템(http://www.nl.go.kr/kolisnet)에서 이용하실 수 있습니다.
(CIP제어번호 : CIP2019053226)

아프지만 생각보다 나쁘지 않아

이유정 지음

북스토리

내 나이 열다섯 살 즈음, 엄마는 자궁 쪽에 무언가 문제가 생겨 병원에서 수술을 받았었다. 교복을 입고 병실에서 숙제를 했던 소녀의 낡은 필름 같은 기억에도 입원 치료를 받아야만 했던 엄마의 뒷모습이 눈에 선하다.

시선의 끝에 닿아 있는 한 낯선 여인은 헝클어진 머리카락조차 빗을 정신도 없이 고스란히 육체와 정신적 고통을 감내하고 있었다. 성인이 되어서야 엄마의 질환이 자궁 내부에 있는 세포가 변이하면서 혹으로 변해버린 '자궁 근종'이란 질환임을 알게 되었다. 자궁보다 두 배나 큰 거대 근종이 몸속을 비집고 들어오면서 계속된 부정 출혈과 복통을 겪은 엄마는, 차가운 수술대에 누워 나와 언니, 남동생을 품었던 작은 집과 난소 하나를 꺼내야만 했다.

약 10년이 지나 나도 엄마가 겪었던 질환처럼 자궁 속에 주먹 크기만 한 근종을 발견했다. 나는 결혼을 두 달 앞둔 예비 신부였고, 예비 남편과 나를 닮은 아이를 가까운 미래에 가질 꿈을 꾸며 가슴 설레던 때였다. 그런데 자궁 근종이란 질병이 생겨버린 것이다. 자궁을 옭아매는 근종에 수풀처럼 우거졌던 마음이 허망해졌다.

급작스럽게 찾아온 질병을 이해하기도 전에 병원에서는 근종을 제거하는 수술을 받길 권했고 많은 타인들은 빨리 아이를 가지라고 성화였다.

엄마는 역시 딸이 본인과 같은 고통을 겪지는 않을까 늘 노심초사였다. 그도 그럴 것이 새까만 검은 머리카락이 넘실거리던 젊은 시절의 엄마는 자궁 근종 때문에 자궁을 적출했고 커다란 흉터 자국을 배에 얻었다. 엄마는 남겨진 자궁의 흔적을 보는 것만으로도 눈물을 글썽이곤 했다. 그 상처 내면에는 있어야 할 것들이 사라진 상실감이 고통으로 자리 잡았다. 실제로 자궁을 제거한 배는 그 자리에 근육이나 살이 채워지지 않는다고 한다. 계속해서 빈 공간으로 남을 뿐. 그 때문일까, 엄마의 마음에 생긴 구멍도 여전히 비어 보였다.

그제야 엄마라는 명사로 규정되었던 존재의 발자취를 조금이나마 헤아릴 수 있었다. 한 명의 여자이며 하나의 인격체로서 말이다. 십수 년 전에 근종과 자궁을 들어냈던, 닿을 수 없을 거리에 있던 아픔이 살갗으로 퍼져 나갔다. 엄마의 자궁은 눈에 넣어도 안 아플 세 아이를 상처럼 품도록 했다. 그러니 난소와 자궁은 여성과 남성의 특징을 분리하는 장기가 아닌 인생의 자취가 배어 있는 하나의 상징물이었다. 역설적이게도 근종으로 명확해진 자궁의 의미는 엄마와 나를 여성으로 연결해주는 고리가 되었다.

또 근종은 나의 내면을 이해하도록 이끌었다. 이전에는 이해할 수 없는 세상의 것들도 사회적 구조 아래에서는 당연하게 존재한다고 생각했다. 정작 나의 육체와 정신이 피폐해져도 세상의 요구대로 착실하게 살아냈다. 여성이기 때문에 당연하게 참아왔고 약자이기 때문에 해야 하는 수많은 상황에서 소리 없는 아우성을 질러 왔다. 그랬기에 타인들의 말처럼 근종은 임신과 출산을 방해하며 나의 삶을 망치러 온 불온하고 불행한 존재라고 막연하게 확신하던 때가 있었다. 그러니 이 세상에서 어서 없애버리겠다고 다짐하기도 했었다.

하지만 왜 근종이 생긴 걸까. 마치 자아를 찾아 고뇌하는 10대 청소년처럼 근종이 생긴 이유를 찾아 백여 편이 넘는 논문과 기사, 연구 자료를 들쑤셨다. 그랬더니 차갑게 식어버렸던 마음이 들끓었다.

'왜 꼭 수술을 해야 하지?'

수술을 해야 할 마땅한 이유가 없는데도 수술이 필요한가. 나는 의도적으로 근종을 이해하는 시간, 스스로에 할애하는 '의도적인 일시정지'를 처방했다.

그동안 단기적인 의료 행위보다는 장기적으로 근종의 성장을 줄여주는 생활 습관, 운동 등을 실험해보았다. 그랬더니 당연하다고 생각했던 세상 많은 것들이 달리 보이기 시작했다. 근종으로 촉발된 일종의 혁명이었다!

'왜 당연하게 행동했지?'

관습이란 이름으로 인지했던 이유 모를 행동, 이유 모를 사회, 이유 모를 수많은 것들에 물음이 생길 수밖에 없었다. 그 이전에 스스로 물음이란 걸 가져본 적이 있었는가. 그제야 깨달았다. 문제는 근종이 아님을! 덕분에 반성 없이 묵인했던 많은 불평등을 반성했고, 식탁 위, 냉장고 안 등 손과 눈길이 닿는 많은 것들에 담긴 모순을 인지했다.

그렇게 모래 한 알만큼의 중량이라도 스스로에게 가치 있는 삶을 살아야겠다는 생각과 가슴이 벅차오르는 시간을 가져야 한다는 확신이 생겼다. 이 욕망이 나이가 들면서 익숙한 것만 찾던 나로 하여금 낯설기만 했던 많은 첫 시도들을 감행하게 했다. 어떻게 살아야 중요한 것들을 지키면서 살 수 있을지 생각이 서고, 마음이 원하는 일을 외면하지 않을 용기가 생겼다. 나에겐 실수하고 실패하는 경험들이 선물처럼 쌓였고 성공의 오르막길과 실패의 내리막길이 만겹 교차해도 즐거웠다.

그런 의미에서 이 책은 근종으로 촉발되어 자아를 찾아가는 다 큰 어른의 성장기다. 유리로 만든 얇은 막 아래에 봉해두었던 개인적 욕구를 연습하고 실현했던 사소한 기록이다. 삶은 순간, 순간 개별적인 모임이 아닌 연속적인 선이었고, 악마의 씨앗이라 생각했던 근종은 예상 밖에도 근사한 여정의 동반자가 되었다.

근종을 발견한 지 1년 6개월이 지나고서야 자궁 속에 있는 주먹만 한 근종을 떼어냈다. 근종을 즉시 떼어내지 않으면 큰일이라도 날 것처럼 말했던 주변의 반응과 달리 근종은 매우 얌전했다. 마치 깨달음의 끝에서 나와 작별할 순간을 기다린 듯 말이다.

하지만 자궁 근종과 함께하는 여정이 끝난 것은 아니다. 비록 근종의 물리적 존재가 없어진 지 1년이 넘었음에도 여전히 근종을 관찰하던 때의 습관을 유지하고 있다. 역설적이게도 건강을 위협할 수 있는 근종을 만나 나는 더 선명하고 명확하게 살 수 있었다. 마음속에 있던 세포 하나하나가 봄날의 새싹처럼 깨어났다.

만약 자궁 근종, 자궁 선근증, 다낭성 난소증후군 등 다양한 여성 질환 중 당신이 여성 질환 하나쯤 가지고 있다고 해도 극심하게 낙담하지 않길 바란다. 근종과 같은 호르몬 질환 자체는 어떠한 방법으로든 해결할 수 있기 때문이다.

대신 질병과 함께 조금씩 곪고 있던 마음의 생채기가 없는지 내면을 들여다보길 바란다. 이를 위해서도 삶의 속도를 잠시만 늦추어보자. 당장의 질병은 발걸음을 멈추게 만드는 돌부리로 보이지만 반성 없던 일상의 쉼표가 될 수 있다. 그러한 시간들 속에서 근종과 같은 질병이 본인의 일부임을 받아들이길 소망한다.

질병이 없는 이들에게도 같은 원리로 스스로를 관찰하고 천천히 주변을 살펴보길 감히 권해본다. 어떠한 모습이든, 어떠한 이유로든, 언제라도 당신의 모든 것은 건강하고 아름답고 행복해야만 하기 때문이다.

CONTENTS

프롤로그 — 4

1. 우리에게 필요한 건

주먹만 한 자궁 근종이라니 — 15
무시할 수 없는 불쾌감 — 20
애 낳는 기계가 아니야 — 27
타인의 기준대로 살았던 삶 — 31
산부인과란? — 39
결혼식 안 하렵니다 — 45
설레는 반항 — 49
제 자궁에 손대지 마세요 — 57

2. 당당한 마음

창피하고 충격적이었던 하루 — 65
두려움과 마주할 거야 — 70
수술을 미룬 네 가지 이유 — 77
적절한 의사를 만나다 — 84
나쁜 년으로 살래 — 90
자궁의 적, 환경호르몬 — 96
젊음은 방어막이 될 수 없다 — 101
나의 롤모델은 동네 할머니 — 106
화장 없는 일상 — 111
몸도 마음도 건강해지는 화장품 다이어트 — 117

3. 일상을 반성하는 노력

음식의 힘 — 125

250L 냉장고가 가져온 변화 — 133

술에 관한 슬픈 이야기 — 140

완벽하지 않아도 괜찮아 — 146

술을 줄이기 위한 효과적인 방법 — 153

완벽주의 늪에 빠졌던 대인관계 — 160

건강하게 죽을 준비 — 165

팩트 체크가 필요해 — 173

수술이 두렵지 않아 — 178

4. 나와 지구를 위해

지긋지긋한 생리통 — 189

천국 같은 생리 라이프 — 194

일회용 생리대는 악당? — 202

유해 물질을 완벽하게 피하는 방법 — 207

미니멀리스트가 되자 — 214

생수 대신 수돗물 — 224

나와 환경을 위해 — 231

바다가 알려준 것들 — 237

자궁 근종과의 마지막 — 244

다사다난한 수술 회복기 — 249

어떻게 살 것인가 — 255

1. 우리에게 필요한 건

"나를 험담하는 바보 같은 말들에 귀 기울일 필요가 있을까?
내 삶은 내가 결정하는 거란다."
– 영화 〈헬프〉 중에서

주먹만 한
자궁 근종이라니

자궁 초음파 사진을 몇 초간 바라보던 의사가 표정 없는 얼굴로 툭 하고 말을 던졌다.

"꽤 크네요. 수술하셔야 합니다."

순간 귀를 의심했다. 내 자궁 속에 아기 주먹만 한 크기의 약 6.8cm짜리 근종이 있다고? 예상에도 없던 근종이라는 질환이 불쑥 찾아온 것도 놀라운데, 그 크기는 언뜻 상상해도 꽤나 컸다. 너무나 당혹스러워 이게 몰래 카메라일지도 모른다는 상상을 했다. 놀라게 만드는 것이 목적이었다면 획기적으로 대성공한 셈이다. 하지만 누가 이렇게 정성 어린 몰래 카메라를 준비한다는 말인가. 당황스러움에 머리 회로는 꼬여갔고 무슨 생각을 했는지도 기억나지 않는다. 유일하게 '이러다 죽으면 어쩌지?'라는 생각만 남아 겨우 의사에게 건넨 말은 이랬다.

"네? 근종이라고요?"

허무한 물음만 던진 채 내 나이 겨우 스물여덟 살, 자궁 근종을 우연찮게 발견했다.

"암은 아니죠?"

질환이 생긴 장소가 자궁이니 알츠하이머는 아닐 것이고, 그렇다면 그 다음 순번으로 내가 알고 있는 최악의 질병일 가능성을 물었다. 근종이란 게 자궁에 생기는 암이거나 암으로 발전할 가능성이 있는지에 관한 것이었다.

"암은 아니에요. 그럼 수술 상담실로 가세요."

근종이 있다는 말보다 의사의 태도에 더 황당했다. 초음파 사진을 바라보는 표정은 마치 내가 태어나기 전부터 자궁 근종이 생길 것을 예상했다는 듯 미동조차 없었다. 그러곤 질환에 대한 기본적인 설명도 없이 상담실로 가라는 게 아닌가.

이건 의사가 질환을 마주하는 환자의 감정을 달래지 않았다는 불평 섞인 감정이 아니었다. 적어도 질환에 대한 기본적인 설명은 해줬어야 했다. 하지만 의사는 당연하다는 듯이 나를 진료실에서 내보냈다. 그 의사에게 얻은 유일하고 확실한 정보는 근종은 암이 아니라는 것뿐이었다.

나는 그저 생리 기간이 아님에도 소량씩 계속된 부정 출혈이 염려되어 여성 병원을 방문한 것이었다. 한 달 뒤 예정된 여행 일정과 생리 기간이 맞물려 복용한 경구 피임약이 부작용을 일으킨 건가 걱정했을 뿐이다. 그러니 대학생 때 이후 수년 만에 받은 자궁 초음파 검사에서 이런 결과가 있을 줄은 전혀 예상치 못했다. 생리통과 생리전증후군PMS, premenstrual syndrome이 심한 편이긴 했지만 다른 여자들도 호소하는 문제이기에 특별히 다른 질병이 있을 거라고는 생각조차 못 했다. 몸 어딘가가 고장 났는지 자각할 만한 예후도 없었다.

밖을 나가자마자 수술 상담실에서 내 이름을 부르는 소리를 들었다. 그렇게 컨베이어 벨트에 실려 박스 포장을 기다리는 햄처럼 수술 상담실로 옮겨졌다. 진료실과 수술실은 약 15미터 정도 떨어져 있었다. 상담실로 향하는 그 짧은 시간 동안 머릿속 회로들은 너덜너덜 찢어져 이성적 사고는 거의 불가능했다.

미지의 대상은 항상 두려움을 동반한다. 자궁 근종은 그런 존재였다. 의식적으로 침착하게 대응하자고 되뇌었지만 두려움은 파도처럼 밀려와 가슴속 구석구석으로 퍼져갔다. 다행히 내가 아는 최악의 질병인 암은 아니라고 하지만 어떤 질병인지 감도 잡을 수 없으니 두렵기는 매한가지였다. 눈을 떠도 깜깜한 암실을 지나는 공포 체험처럼 심장이 가슴을 뚫고 나올 것 같았다. 그래도 공포 체험은 5분 뒤면 끝나고 일상으로 돌아오기라도 하지만 근종은 집에 돌아간다고 싹 나아질 기미가 보이지 않는다. 분명 대책 마련이 시급하다 생각은 했지만 도대체 어떤 대책을 어떻게 마련할 수 있는지 가늠조차 하지 못했다. 휴대폰으로 짧게 검색은 해보았지만 자궁 근종에 대한 정보가 하나도 눈에 들어오지 않았다.

"결혼을 안 하셨다고 했는데, 혹시 결혼하실 예정이신가요?"
"네, 2개월 뒤에 결혼 예정이에요."
"어머! 잘되셨네요. 그럼 지금 수술받으셔야죠!"

상담사는 결혼 적령기의 여성이 배에 흉터가 있으면 어디 가서 오해를 사기 십상이지만 본원의 원장은 배꼽으로만 구멍을 내서 근종을 제거하기 때문에 혹여 배에 흉터가 남을 일은 걱정하지 말라는 말을 전했다. 의사인지 간호사인지 정체가 불확실한 그이는 근종 제거 수술을 매우 간단한 피부과 시술처럼 말했다. 계속해서 여기가 성형외과인지, 피부과인지 알기 힘든 대화가 오고 갔다.

수술 상담을 진행할 담당자의 표정은 진료실에 앉은 의사와는 달리 상냥한 웃음이 가득했다. 그러니 더욱 이상했다. 의사는 불안감을 조성하고 담당자는 그 불안감을 달래면서 수술이란 달콤한 사탕을 쥐여주는 분위기랄까. 나는 길 잃은 꼬마처럼 두려웠다.

무시할 수 없는
불쾌감

꿈이면 어서 깨길 바랐다. 그래서 상담사가 열변을 토하는 동안 손등을 찰싹 쳤다. 세상에 이런 악몽이 어디에 있을까. 그러나 손바닥이 손등을 찰지게 감싸는 느낌에 현실임을 인지했다. 아, 정말로 수술 상담실이었다.

"2개월 뒤 결혼하시면 임신, 출산하실 거잖아요?"

상담사는 비장의 무기를 꺼냈다. 우리는 결혼을 두어 달 앞둔 예비부부이긴 했지만 결혼한 후에도 2~3년간 자녀 계획은 없었다. 하지만 이후에는 분명 자녀 계획을 두고 있었다. 이왕이면 딸하나, 아들 하나. 예비 남편은 이보다 더 많은 자녀를 원했기에 나와 기분 좋은 줄다리기를 하곤 했다.

그러니 자궁 근종을 제거하지 않으면 임신과 출산에 지대한 악영향을 미친다는 이야기를 흘릴 수 없었다. 태초의 인간이 지닌 불안감과 모성애를 자극하는 그 말들에 홀린 듯 빠져들었다. 혹, 망설이는 틈이라도 보이면 상담사는 더욱더 힘을 내어 근종을 임신과 출산을 가로막는 산맥처럼 묘사했다. 아이를 낳는 기쁨이 인생을 어떻게 바꿔놓는지 그 경이로움을 몸소 표현하면서 말이다.

그래도 진료실에 앉아 모니터만 보고 몇 마디의 말만 나눈 의사보다 나을지 모른다. 장작 20여 분이란 긴 시간을 나에게 투자해줬으니 말이다. 그럼에도 근종이 어떤 질병인지, 자세한 설명은 여전히 듣지 못했다.

'나 돌아갈래!'

미지의 대상, 근종의 공포는 광속으로 나에게 달려왔다. 영화 〈박하사탕〉 속 주인공처럼 다가오는 자궁 근종을 향해 외치고 싶었다. 어떤 질병인지 알지 못해도 왜 하필 이런 게 내 자궁에 생겼는지 원망스러웠다. 임신과 출산의 인질이 되어버리면 내 남은 앞으로의 인생은 어찌하나 싶었다.

'예비 남편의 얼굴은 어떻게 보지?'

혹시 결혼을 다시 생각해보자고 말하지는 않을까, 걱정스러웠다. 꼬리에 꼬리를 무는 이런 생각 때문에 번갯불에 콩 볶아 먹듯 2주 후에 수술을 예약해버렸다.

질병에 대해 알지 못하면 어떤가. 저렇게 자신 있다고 말하는데, 잘못될 리가 없다고 생각했다. 그렇다면 예비 남편과의 결혼도 차질이 없을 테고 엄마의 불안한 눈빛을 조금이나마 잠재울수 있겠지. 근종을 제거하면 밀물처럼 쓸려온 두려움도 없어져 자궁 속 근종을 몰랐던 일상으로 돌아갈 수 있을 것이다. 소 뒷걸음질 치다 쥐 잡는 격이지만 근종을 빨리 발견해서 다행이라며 스스로에게 주문을 걸었다. 2주 후면 감쪽같이 근종을 모르던 일상으로, 아무 일 없는 자궁으로 돌아갈 수 있었다. 그래, 이왕 수술을 받을 거면 일찍 받는 편이 낫겠다 싶었다.

하지만 계속되는 최면에도 부정할 수 없는, 참을 수 없는 불쾌감이 태풍전야의 성난 바다처럼 마음을 헤집었다. 어디서부터 기원하는 감정이었을까?

일단 넘쳐흐르는 불쾌감을 가슴 한구석에 밀어 넣고 예비 남편에게 전화를 걸었다. 서로를 닮은 자녀를 낳고 행복한 가정을 꾸리길 꿈꾸는 그 남자에게 나는 자궁 근종이라는 양성 종양이 자궁에 생겼다고, 병원에선 수술을 해서 제거해야 한다고 담담하게 이야기를 시작했다. 심지어 남자 친구가 묻지도 않았는데, 수술

22

을 받으면 임신에는 전혀 문제가 없다는 말도 덧붙였다. 그러곤 2주 후 수술을 받을 거라고 통보했다.

"미안해…….. 왜 나에게 이런 일이 생긴 걸까?"

결국 가슴속에 구겨놓았던 마음을 질문해버렸다. 혹시나 그와 나의 미래에 걸림돌이 되지 않을까 두려웠고 정말 미안했다. 그래서 스스로에게 계속해서 자문했고 그럴수록 죄책감을 느꼈다.

"왜 네가 미안하하지? 괜찮아."

수화기에는 순간의 침묵이 흘렀으나 곧이어 조심스러운 숨소리와 낮은 목소리가 들렸다. 괜찮다는 그 말을 듣자 가슴에 응어리져 있던 뜨거운 무언가가 터져 버렸다. 무엇 때문에 나에게 근종이 생겼는지 이유도 모르겠고, 근종이 어떤 질병인지 알지 못하지만 모든 것들이 마치 내 탓만 같았다. 예비 남편은 근종이 생긴 건 내 탓이 아니라고 그 뭉친 마음을 건드린 것이다.

"네 건강이 먼저야. 일단 침착하게 정보를 찾자."

그러곤 예비 남편은 근종이 어떤 질병인지, 수술은 어떻게 진행되는지 이야기를 들었는지 물었다. 하지만 아무것도 전해 들은 바도 없고 이제 하나씩 찾아봐야 하는 상황인 걸 말해 무엇 하나. 그걸 사실대로 말하지 못해 수술 상담실에서 상담사가 전했던 말들을 앵무새처럼 따라 했다.

"간단한 수술이래. 수술도 잘한다니까……."
"그게 무슨 말이야. 일단, 수술 예약은 취소하고 다른 병원도 한번 가보자."

예비 남편은 미지의 대상 앞에서 움츠러든 나를 발견하고는 수술을 취소하라고 권했다. 그나마 남아 있던 정신을 차리고 보니 그의 말이 맞았다. 아무리 간단하다 해도 몸에 칼을 대는 수술인데 불안감 때문에 너무 섣부른 판단을 내렸던 것이다. 일단 암은 아니라고 하니 내일 당장 근종 때문에 죽지는 않을 테고, 다른 병원도 방문하거나 온라인에서 정보를 좀 더 찾는 것도 하나의 방법이었다.

그렇게 결정한 후에도 '과연 옳은 선택을 한 것인가' 하는 불안감이 뜬금없이 솟아날 때가 있었다. 포털 사이트에서 자궁 근종에 대해 검색한 후로는 며칠 동안 잠을 뒤척였다. 온라인 세계도 근종을 처음 발견한 병원과 크게 다르지 않았기 때문이었다.

왜 나에게 이런 일이 생긴 걸까?

어떠한 질병이라는 특징이 블로그 포스팅, 뉴스 등에 안내되어 있기는 했지만 워낙 원론적인 내용이었기에 나에게 과연 어떤 형식으로 적용할 수 있는지도 파악할 수 없었다. 어찌 보면 당연했다. 배 안에 있는 주먹만 한 녀석이 어떤 종류인지, 어떤 모양인지, 어디 붙어 있는지도 알지 못했다. 거기에 이해하기 쉬운 기초적인 근종 설명이 있다 하더라도 얼마 지나지 않아 병원 홍보로 이어졌다. 약속이라도 한 듯이 자기 병원에서 수술하면 정말 좋다는 결말에 도달했다.

진심으로 근종을 걱정하는 이들에게 보내는 정보나 위로, 안심의 글이 맞는 걸까? 그렇다고 근종에 관해, 혹은 여성 질환에 관해 상담할 수 있는 믿을 만한 정부 사이트나 정부 인증 사이트를 찾기는 더욱 힘들었다. 아무리 세상이 좋아졌다 하더라도 보통의 사람들이 풍부한 의학 정보를 접근하는 데에는 현실적인 벽이 높았다. 불쾌감 역시 줄어들기는커녕 여전히 깊게 남아 있었다.

애 낳는 기계가
아니야

평소 좋아하고 따르는 어른들과 지인들이 함께 식사 자리를 가지던 날이었다. 오랜만에 함께하는 저녁 식사 자리의 분위기가 무르익으면서 사람들은 서로의 근황을 묻기 시작했다. 나는 평소처럼 근황을 알려주려는 의도로 병원에서 근종을 발견했던 일을 솔직하게 털어놓았다.

"임신하는 데 문제는 없고?"
"결혼할 남자 친구는 뭐래?"

톡 누르면 툭 나오는 음료수 자판기처럼 망설임 없이 들려오는 반응에 나는 잠시 잘못 들은 건 아닌지 귀를 의심했다.

그 누구도 나의 건강 상태를 먼저 묻지 않았다. 그들이 건넨 그 짧은 마디에는 동정과 연민, 염려와 함께 의도치 않은 무시가 말투, 눈빛, 손짓으로 오롯이 전해져왔기 때문에 적잖이 당혹스러웠다. 마치 동물원에서 관리하는 오랑우탄의 짝짓기를 기다리는 사육사들을 마주한 인상이었다. 암컷 동물로서의 임신과 출산이 가능한지 여부, 수컷 동물의 선택을 받았는지를 중요하게 평가하는 모습이 상기되는 상황을 마주하자 순간적으로 차가운 벽을 느꼈다.

과민반응이라고 하기엔 실제 반응이 정말 명백했다. 그 순간 오랫동안 묵혀 있었던 마음속 불쾌함의 원인을 단숨에 찾아냈다. 그들의 반응에 울어야 할지, 웃어야 할지 나는 난감한 상황에 이르고야 말았다.

"여자애가 어떻게 하고 다니는데, 그런 종양이 생기는 거야?"

그때 한 어르신이 자궁 근종을 성병 정도로 생각했는지 이렇게 말했다. 이전의 말들이 작은 미사일 정도였다면 이 한 마디는 마음의 흔적마저 날려버리는 핵폭탄쯤의 파괴력을 발휘했다. 순간 어떠한 말도 꺼낼 수 없었다. 얼굴이 울긋불긋해지고 상대방을 바라보던 눈은 땅으로 꺼져버렸다. 없던 수치심도 만들 만큼 자극적인 말 때문에 몸이 녹아버릴 것만 같았다.

'왜 여자애라는 말을 붙여요?'

묻고 싶은 마음이 목구멍까지 차올랐지만 말은 혀 속을 맴돌 뿐이었다. '여. 자. 애'는 안 되면 남자는 괜찮다는 말인가. 진심인지 농담인지 구분하기도 싫은 그 무례한 말에 가슴이 베였다. 설사 자궁 근종이 실제 성병이라 하더라도, 기분을 나쁘게 만들 의도가 없었던 말이라 할지라도 그로 인해 생긴 상처는 누가 치료해줄까. 과연 그 말을 건넨 어르신은 나를 염려하는 마음이 최소한 움큼이라도 있었을까.

나는 아직 임신과 출산 계획이 없는 데다 결혼을 앞두고 있었을 뿐이었다. 더군다나 식사 자리에서 누구에게도 근종을 어떻게 관리해야 좋을지 물어보지도 않았다. 임신과 출산이 걱정된다는 말도 꺼내지 않았다. 현재의 상태, 앞으로 어떻게 살아갈지 계획도 모르는 이들이 친분이 있다는 이유로 나의 임신과 출산에 왈가왈부하고 걱정하는 모습을 보면서 깨달았다. 이 사회를 살아가는 많은 이들에게 현재의 나라는 사람의 존재 가치가 어떻게 형성되어 있는지를 말이다. 임신과 출산을 해야 하는 여성으로서의 역할이 우선시된다는 사실이었다. 그리고 나보다 나이가 많기 때문에, 어른이란 이유로 함부로 아랫사람의 인생에 대해 훈수를 둬도 괜찮다는 습관적 관념이 행동으로 드러났다. 본질의 의미가 왜곡된 부부유별, 장유유서는 내가 두 발을 디디고 살고 있는 이곳의 가치관이었다.

    나는 그 저녁 식사 자리에서 언어 자체가 가지는 사회적 이데올로기를 봤을 뿐 아니라 대화의 맥락, 대화를 나누는 상대방의 행동과 말투 같은 비언어적인 요소를 통해 드러내는 사회적 가치관을 보았다.

    주변인들의 부정적인 반응을 얼추 예상했으나 훅 치고 들어오는 말 한 마디가 나를 조금씩 무너뜨렸다. 순식간에 말로 베인 상처는 살이 차오를 때까지 꽤 많은 시간이 걸렸고 지울 수 없는 흉터를 매만지며 살아야 했다.

타인의 기준대로
살았던 삶

    핵폭탄이 난무하던 지인들과의 식사 자리를 마친 후, 불쾌함의 원인이 유발한 행동을 하나씩 풀어보았다. 거기에는 근종을 발견한 병원에서 일사천리로 수술을 결정했던 일과 남들에게 흠이라도 잡힐까 두려웠던 마음이 있었다. 근종을 발견한 병원에서 상담을 마친 후 왜 일사천리로 수술을 결정한 걸까? 풀려진 실타래 같은 이야기들은 근종과 나를 새로운 국면으로 이끌었다.

    근종을 발견한 병원에서의 의사와 상담사 역시 의도한 바였든, 의도한 바가 아니었든 여성의 성적 기능 수행의 중요성을 자극하여 나의 불안감을 키웠다. 의사는 흠집 난 사과를 골라내듯 나를 수술 상담실로 보냈고, 상담사는 수술 계약을 위해 임신과 출산에 대해서만 설파했다. 자궁은 마치 임신을 위해서 존재하는 듯 보였고 나는 출산을 하기 위한 도구에 불과했다. 그렇다면 임신과 출산을 하지 못하는 임신 적령기의 여성은 존재 가치가 없는 걸까?

질문의 답은 나를 길러준 부모님과 가족, 학교, 회사, 텔레비전, 인터넷 등 내 주변에서 아주 쉽게 찾을 수 있었다. 거창하게는 사회의 경제, 제도, 역사, 교육 등에 깊숙이 심어져 있는 신념이었다.

오랜 기간, 내가 성장했던 시간과 방법에 대해 돌아보면서 나의 판단과 기준이 뒷전이 되어버린 이유를 찾았다. 그런 의미에서 아주 오래전에 지나왔던 과거의 사사로운 이야기를 시작할까 한다.

내가 초등학생인 즈음 IMF 경제난이 터져서 아빠는 사업에 실패했다. 줄줄이 부도와 정리해고 소식이 뉴스를 장식했기에 아빠의 사업 실패가 안타깝지만 어쩔 수 없는 일이라 생각했다. 덕분에 귀향 떠나듯 나와 동생은 엄마의 손을 잡고 할머니네 집에서 함께 살게 되었다. 할머니는 "남자가 주방에 들어가면 고추가 떨어져"라고 말하며 나와 동생에게 계급을 매겼다. 치킨의 닭다리는 물론 생선의 뽀얀 살은 당연 남동생의 차지였고, 나에겐 설거지만 기다리고 있었다.

먹고 싶은 음식이 앞에 놓여 있어도 젓가락도 내밀지 못하는 경험은 어린아이에겐 최대 모욕이었다. 할머니의 눈살을 피해 엄마에게 애처로운 눈빛을 보내도 소용없었다. 바깥에선 뼈 빠지게 돈을 버느라 손에 지문조차 없어진 엄마였지만 할머니 앞에선 권력관계의 하위 계층인 며느리일 뿐이었기 때문이다. 남녀는 유별하고 웃어른의 질서는 공경해야 한다는 공자와 맹자의 가르침을 할머니의 눈빛으로 배웠다.

부모님도 딸과 아들을 아주 공정하게 대했다고 말할 순 없다. 남동생과 싸우는 날이면 부모님은 나를 불러서 "누나가 동생에게 양보해야지"라며 설득했다. 그러고선 남동생에게 "남자애가 그럴 수도 있지"라며 등을 토닥여주곤 했다. 우리의 싸움은 나에게 타당한 이유 없이 이해되길 강요되었고 문제는 해결되지 않은 채 남매 사이의 감정의 골만 깊어졌다. 한 마디로 요약하면 불평등한 어린 시절이었다.

또 나는 어릴 때부터 양발을 쩍 하고 벌려 팔자로 걷는 팔자걸음이었다. 보기 좋은 십일 자나 일자 걸음을 걷고 싶어도 엉덩이쪽이 삐걱거리는 기분이 좋지 않아 편한 대로 걸은 탓이었다. 거기에 풀을 꺾고 흙장난마저 좋아했으니 다소곳하고 차분한 공주과의 여자애는 아니었다. 어릴 적부터 엄마와 친척들로부터 "무슨 여자애가 그렇게 걷냐" 하고 핀잔을 인사처럼 들었던 데에는 나름의 이유가 있었다. 아마, 걸음걸이를 고쳐주고 다른 여자애

들처럼 조신하게 지내도록 만들고 싶은 마음이었을 것이다.

그렇지만 그 어린 나이에도 난 불공평하고 합리적이지 않다고 생각했다. 옆에 있는 남자아이 역시 팔자걸음인데, 남자애한테는 아무 말도 하지 않으면서 왜 나에게만 모멸감을 주는 대화나 눈총을 줄까. 거기엔 '여자애'라는 조건만 깔려 있었다. 그들의 기준 아래에 나는 '올바르지 못한 여자아이'였기 때문에 잘못된 부분을 고쳐야 했던 것이다. 여자이기 때문에 그렇게 해서는 안 된다는 말은 일종의 협박이었다. 걸음걸이를 고치지 않으면 나를 외면할 거라며 소외감을 자극했다.

누구는 되고 누구는 안 될까. 그걸 깰 수 있는 거의 유일한 길로 안내받은 것이 '좋은 대학'이었다. 누구든 실력에 따라 평가받고 동일하고 평등한 사회 구성원으로서 역할을 할 수 있다는 믿음을 교육받았다. 그렇게 수백 명과 똑같은 교복을 입고 의무적으로 3년간 야간 자율학습을 하며 10대 시절을 보냈다. 밤 10시가 넘어 집으로 향하는 소녀에게 달을 보며 친구들과 떡볶이와 어묵을 나눠먹는 밤은 유일한 낭만이었다. 그런데 공교육은 그런 친구를 밟고 더 좋은 대학에 가야 좋은 학생이고 더 행복한 삶을 살수 있다고 말했다. 나와 친구들은 종이에 적힌 숫자로 인간성마저 평가받았고 성공한 인생의 초석을 만들기 위해 초록색 칠판에 쓰여 있는 하얀 분필 글씨를 머릿속이 까맣게 변하도록 외우고 또 외웠다.

하지만 꿈에 그리던 대학은 사기였다. 답이 있는 문제만 10년 동안 풀어왔고 개인의 생각과 의견을 내는 건 지양하도록 교육받았다. 청소년 시절 나와 친구들의 세계는 교과서와 문제집에 나와 있는 기출문제와 해답지가 전부였다. 그런데 이제 와서 자유롭게 토론하고 창의적인 생각을 발휘하란다.

어른들이 말한 유토피아적 사회 진출도 100명 중 1명만 가능했다. 어렵게 취업한 회사에서도 선배들은 "결혼하면 그만두겠네?"라는 그들만의 과정으로 후배의 미래를 한정 지었고 "어린 여자애가 뭘 알겠니?"라며 가치를 절하했다. 이런 진담과 농이 섞인 말에 "왜요? 결혼 자금이라도 두둑이 보태주시고 말씀하시죠"라고 응수할 수 있을 즈음에도 나를 포함해 성별이 여성인 직원만 경영진 회의에 전달할 커피를 매일 만들고 있었다.

2년간 다녔던 첫 회사를 그만두고 이직한 회사를 한 달 만에 그만둔 것도 비슷한 이유였다. 그 회사는 약 20~30명이 근무하는 조그마한 중소기업이었기에 가족 같은 분위기를 내심 기대했다. 그러나 나의 바람과 달리 사장은 입사 한 달차인 나에게 작고 반짝이는 펜던트 목걸이를 선물하는 게 아닌가. 신입 사원에게 건네기에는 다소 엉뚱한 선물을 손에 받고는 무슨 의도일까 한참을 고민했다. 잘 어울릴 것 같아서 샀다는 말에 정말 그 의미만을 담고 있을까, 내가 선의를 착각하는 게 아닐까, 머리를 돌리고 돌리다가 무슨 말을 해야 할지 머릿속이 하얘졌다.

예상하기 싫었던 '가족' 같은 의도에 속이 울렁거렸다. 나는 마케터로서, 브랜드 매니저로서 나의 능력을 인정받아 이직한 줄 알았고, 좋은 성과를 내서 회사와 개인의 커리어를 업그레이드하고 싶었던 욕심이 있었다. 그러니 사장과의 잦은 외근에 다른 의도가 담겨 있을 거라고는 생각하지 못했다. 내 나이 스물여섯 살이었다.

'지나온 삶에 나의 의지가 얼마나 있었나.'

불공평하고 모순된 태도를 요구하는 사건들은 한국식 문화라는 이름으로 끊임없이 내 인생에 쳐들어왔다. 반복되는 자기혐오와 의심 속에서 타인의 기준에 어긋나지 않도록 살려 발버둥 쳤으니 그동안 먹은 눈칫밥이 밥그릇에 담긴 쌀알 수보다 많을 수밖에 없음을 인정했다. 사회 구성원으로서의 역할을 수행하는 것은 기본이며 젊은 여성으로서 성적 가치는 옵션으로 달아야 하는 요구에 환멸감이 느껴졌다.

여자답게, 학생답게, 직장인답게 열심히 살았는데, 돌아오는 보상은 여전히 사회의 기준대로 사는 삶이었다.

지나온 삶에

　　나의 의지가 얼마나 있었나.

이제 와 이런 말을 한다는 것도 블랙코미디이지만 역설적이게
도 그런 문화에 동조되어 살아왔다. 나는 남동생에게 '아들'이라
는 호칭을 불러가며 그와 유대감을 쌓기 위해 노력했었다. 덜컥
근종 제거 수술을 받으려던 것도 예비 남편에게 여성으로서의 역
할을 못 하면 그와의 미래를 기대할 수 없을 거라는 두려움 때문
이었다.

특정인과 사회를 비판하기 전에 스스로를 반성할 수밖에 없었
다. 나 역시도 누군가의 의지를 꺾는 말을 던졌을는지도 모른다.
분명한 자기반성이 필요했다.

산부인과란?

식사 자리에 있던 지인들에게서 한 인간의 건강보다 임신과 출산으로 대표되는 여성의 기능이 우선시되는 마음을 읽어버렸을 때 의식의 수면 위에서 한 의도적인 행위라고 의심하지는 않았지만 과연 그들만이 그렇게 생각했을까 싶었다. 그 의구심에 더욱더 근종과 여성 질환에 대한 관심이 생겼고, 이후로는 난소암, 자궁선근증, 다낭성 난소증후군 등 여성 질환을 가진 환자들의 이야기를 주의 깊게 들어보았다. 그들의 질병을 대하는 사람들과 사회의 방식이 내가 마주한 세상과는 다르기를 바랐다.

그러나 그들의 입에서 들은 세상은 나의 기대를 보란 듯이 걷어찼다. 세상에서 제일 친한 친구는 생리 불순이 심해 수개월에 한 번씩 생리를 함에도 불구하고 여성 병원을 가지 않았다. 결혼하지 않은 여성이 여성 병원을 간다는 것 자체에 불편한 시선이 담겨 있다는 이유에서였다. 온라인에서 근종에 관한 정보를 찾으며 인연을 맺은 20대 초반의 친구는 부모님의 의견 때문에 수술 상처가 남지 않는 하이푸 시술로 근종과 선근증을 제거했다. 대한산부인과학회에서 임산부나 임신을 계획하고 있는 여성에겐 고강도 집속 초음파인 하이푸를 시술하지 말라는 가이드라인이 있음에도 불구하고 말이다. 또 자궁암을 가지고 있던 어느 지인은 결혼을 앞두고 파혼했다는 말도 전했다.

"말도 안 돼!"

입을 틀어막으면서도 믿을 수 없었다. 불평등과 편견에 고통받은 건 나만의 개인적인 사정이길 바랐고 그런 줄로만 생각했다. 물론 그들이 성장하면서 영향을 받은 교육, 사회, 경제적 측면 등 모든 사정을 모두 속속들이 알 수는 없지만 결론적으로 그들은 여성 질환 자체의 고통이 아닌 사회의 시선으로 힘들었던 감정들을 공통적으로 쏟아냈다. 그 반응을 하나하나 살펴보면서 오천만 대한민국 인구 중에서 절반이나 되는 여자들이 겪는 여성 질환에 대해 사회가 어떤 시선으로 대하는지를 직면할 수밖에 없었다. 하다못해 2차 성징이 생긴 이후의 여성이라면 매달 빠짐없이 하는 생리에서도 그 편견은 예외는 아니었다.

"엄마, 속옷에서 피가 나와. 나 죽는 거야?"

여전히 잊지 못하는 첫 생리의 기억은 엄마의 설명으로 시작됐다. 엄마는 나를 꼭 끌어안으며 떨리는 목소리로 축하한다고 말했다. 하지만 학급 친구들은 달랐다. 아직 생리 주기에 대해 인지조차 하지 못할 때 생리가 덜컥 바지에 묻었던 날이었다. 남자아이 하나가 나에게 다가와 물었다.

"야, 너 생리하는구나? 얼레리~꼴레리!"

태연한 척 생리를 부정했지만 화장실에서 발견한 피 묻은 바지를 보곤 너무나 창피해 눈물을 흘렸다. 엄마가 아무리 좋은 의미로 생리의 의미를 설명했더라도 가정보다 또래 집단의 영향력이 커지는 시점에서 친구들의 외면은 어린 나에게 상처였다. 선생님께 이 사건에 대해 말해도 실질적인 도움을 받을 수 없었다. 자의식이 형성될 무렵부터 시작한 생리는 숨을 쉬고 땀을 흘리는 생체활동처럼 당연하지 못했고 창피하고 불편한 존재가 되어버렸다.

청소년기부터는 친구들과 생리를 '그날' '매직' 등 다른 용어로 지칭했다. 갑자기 시작되어버린 생리 때문에 친구들과 어쩔 수 없이 생리대를 주고받을 때에도 마치 어둠의 세계에서 은밀하게 거래되는 물건처럼 "그것 있어?"라고 물었다. 그러곤 리본이 달린 예쁜 파우치를 꺼내 들고 은밀하고 민첩하게 생리대를 교환했다. 마치 첩보 영화의 한 장면처럼 손은 눈보다 빠르게 움직였다.

언어학자인 신지영 교수의 말에 공감이 갔다. "의식적인 노력을 통해 언어 표현들을 비판적으로 바라보지 않으면 우리는 우리가 원하지 않는 이데올로기에 동의하는 표현들을 습관적으로 사용하고 말게 된다. 더 무서운 것은 그냥 습관적으로 사용한 언어 표현이 우리의 이데올로기를 지배한다는 것이다"라고.

실제로 국제 여성건강연합 International Women's Health Coalition에서 190여 개국, 9만여 명의 여성을 대상으로 '생리를 다른 용어로 돌려서 표현한 적이 있는가?'라는 질문에 78%가 '그렇다'라고 응답했다. 물론 나 역시도 그중 한 명이었다. 하다못해 당사자인 여성조차 홍길동처럼 생리를 생리라고 표현하지 못하고 숨기는데, 여성 질환은 말해 너무 뻔한 결과일지 모른다.

한국보건사회연구원이 미혼여성 1,314명과 청소년 708명을 대상으로 산부인과에 대한 인식 설문조사를 한 결과는 여성 질환을 대하는 사회의 불편함을 증명이라도 하는 듯 보였다.

'산부인과는 임신과 출산을 위해 가는 곳인가?'라는 질문의 응답률에서 청소년 약 56%가, 성인은 약 48%가 '그렇다'고 응답했다. 절반이 넘는 여성들이 산부인과의 기능을 출산과 연결해 인식하니 여성 질환이 생겨도 병원을 방문하기 꺼려 한다는 것이었다.

마음이 씁쓸해지기 시작했다.

　게다가 생식 건강에 이상을 경험한 절반 이상의 여성 중에서 오직 약 43%만이 산부인과를 방문했다는 결과는 낙담하게 했다. 2,000명이 넘는 설문 응답자 중에서 오직 약 270명만이 산부인과를 방문한 셈이었다. 거기에 산부인과를 방문하는 자신에 대한 타인의 시선에 대한 문항에 성인 약 48%, 청소년 62%가 '부정적이다'고 응답했다.

　설문조사의 심층면접 참여자들은 미혼 여성이 산부인과를 방문하는 것은 가출, 성관계, 임신, 낙태 등의 부적절한 행위로 인한 사회적 일탈이라고 생각한다고 응답했다. 이는 한국 사회의 보수성 또는 이중성과 결합하여 사회적인 인식 역시 부정적인 경향이 강하기 때문이라고 한다. 여성 건강에 관한 사회적 인식을 보여주는 실제적인 데이터들은 결국 나를 슬프게 만들었다.

　그러고 보면 나 역시도 질염이 있던 10대 시절에 엄마에게 말도 못 하고 속으로 끙끙 앓았다. 그러니 성인이 된 후에도 근종이 8cm가 되도록 질 초음파 검사를 받을 생각조차 못 했다. 초혼하기 전 여성이 여성 병원을 간다는 건 무언가 불결하다는 암묵적인 인식 때문이었으리라.

　주변의 많은 것들을 관습이라는 관점으로 당연하게 인식했기 때문에 많은 사람들은 어떠한 비판적 사고 없이 여성 질환을 가진 환자에게 '여성성이 훼손되었음'이란 무의식적 낙인을 찍었다. 문화란 이름으로 사고방식을 결정짓는 과정에 대한 비판이 없었기에 벌어진 일이었다. 결국, 근종이라는 질병이 아니라 사회가 정한 여성 정체성이 나를 비롯한 많은 여성들을 공격했고 자궁을 대하는 사람들의 태도에 상처가 생겼다.

고정관념에 의해 건강에 관한 인식마저 좌지우지된다는 건 화가 나는 일이었다. 물론 고정된 성 역할로 한국에서 산다는 건 단순히 여성만 힘든 일이 아니었다. 남성 역시 '남자는 이래야 해'라는 고정관념 속에서 사회가 규정한 남성다움을 지키기 위해 이유모를 애를 쓰고 살았다는 데 당연히 동의한다.

질병으로서 자궁 근종은 역설적이게도 나의 삶의 태도를 조망할 기회를 주었고 새로운 가치를 생각하게 했다. '내가 아닌 다른 이의 여성성을 기준으로 오늘을 산다는 건 과연 유의미한 일인가? 그들로 인해 받은 상처를 안고 사는 것은 무의미하지 않은가?'

난 사회의 인식이란 안개에 갇혀 있던 건강하게 살 권리를 되찾고 싶었다. 그리고 거창하지 않아도 입고 싶은 옷을 입고, 하고 싶은 말을 하고, 하고 싶은 일을 하며 하나씩 나를 위한 선택으로 인생을 채워나갈 필요가 있었다.

결혼식
안 하렵니다

근종을 발견했음에도 결혼 준비는 계속되어야 했다. 결혼 준비를 해본 사람이라면 누구나 공감하듯 예물, 폐물, 결혼식을 위한 웨딩홀, 하객 초대 등 이와 관련된 준비 사항과 조율해야 하는 것들이 봇물 터지듯 넘쳐났다. 결혼 과정에 발만 살짝 담갔음에도 그 길고 끝없는 항목들을 쳐다보면 명치가 꽉 막힌 듯 답답했다.

먼저 결혼을 한 친구가 신혼여행을 복잡한 결혼 절차를 모두 통과한 포상 휴가라고 설명한 까닭을 이해했다. 엄마는 예단 비용으로 천만 원을 보내고 오백만 원을 돌려받았다는 누군가의 이야기를 흘렸고, 나는 결혼식 뷔페가 맛이 있네, 없네, 평론을 하는 하객들을 걱정했다.

그런데 근종을 발견하고 난 후, 개인의 의지를 기반으로 하는 선택에 대한 갈망이 높아진 나는 그렇게 올린 결혼을 훗날 과연 어떻게 추억할지 의문스러웠다. 정작 결혼 당사자인 내가 찰나의 순간으로 지나가 버려 결혼식 자체를 기억하지도 못하는 건 아닌지 우려되었다.

나는 많은 하객의 축하와 화려한 드레스가 있는 결혼식보다 소박해도 또렷한 마음으로 어느 한 남자와의 결혼을 있는 그대로 받아들이고 싶은 마음이 컸다. 이럴 바에는 오래전부터 품었던 결혼식 계획을 실행하는 편이 낫겠다 싶어 예비 남편에게 내 뜻을 전했다.

"우리 결혼식 하지 말고 가족들과 함께 여행 가자!"
"그래, 좋아!"

미국인인 예비 남편은 여러 차례 참석한 한국식 결혼식에서 느낀 바가 많았는지 나의 제안을 망설임 없이 동의해주었다.

당연히 일반적인 웨딩홀에서 한복을 입고 촛불을 나눠 밝히며 앞날을 축복할 거라 예상했던 엄마는 우리의 계획에 난색을 표했다. 어른들을 어떻게 보려고 하니, 결혼식을 하면 이혼율이 낮다더라 등을 시작으로 불만을 토로했다.

당연했다. 엄마 시대의 결혼식은 그런 의미였다. 거하게 차린 잔치 음식을 나누고 화려한 조명 아래에서 오랜만에 만난 친척들과 근황을 묻는 자리 말이다. 한편으론 딸이 이렇게 잘 커서 건장한 남자에게 시집간다고 뿌듯한 자랑을 하고 싶으셨을 거다.

그런데 딸과 예비 사위가 결혼식을 가족들과 여행을 가는 걸로 대체하자며 엄마의 기대를 발로 걷어차 버렸다. 익숙하지 않음은 물론이고 예상 선택지에서조차 없던 결혼식 계획은 환갑을 훌쩍 넘긴 어른이 보기엔 어처구니가 없었을지 모른다. 예비 남편과 나는 엄마가 가지고 있던 결혼식의 의미에 돌을 던진 셈이었다.

"뭐라카노! 와 그카는데!"

당차고 억센 경상도 사투리가 빗발쳤다. 친가, 외가 친척들은 내가 외국인이랑 결혼한다는 것도 당혹스러운데, 결혼식을 안 하겠다는 계획을 듣더니 더 의아해했다.

나는 결혼에 관한 그들의 성의를 무시하겠다는 의미가 아닌 결혼 주체인 내가 보다 만족스러운 선택을 하겠다는 의사를 밝혔다.

몇몇 어른들은 남편과 나의 계획을 존중한다는 의사를 밝혔지만 여전히 많은 친척들의 시선은 곱지 않았다. 우리의 결혼식 계획은 '○○은 당연히 ○○해야지'라는 고정관념을 가진 이들에게 아무것도 모르는 젊은이들의 자기만족으로 평가되었다. 그들은 TV에 나오는 연예인들의 소박한 결혼식엔 용기 있다며 박수를 보내고는 정작 나의 결혼식은 폄하했다.

나의 결혼식은 친척들이 속해 있는 내집단 구성원의 일생일대의 행사이기 때문에 외집단인 연예인들의 결혼식과는 같을 수 없다는 게 의견의 핵심이었다. 소박한 결혼식은 본인들의 삶과는 관계가 먼 연예인이 했기에 가치 있는 것이었다. 거기에 어른의 의견을 거스르면 안 된다는 장유유서마저 더해지니 반대는 더욱 거세졌다.

"사랑이 없는 시대, 사랑이 있는 정치, 사랑이 있는 역사, 사랑이 있는 시대를 살아본 적이 없어요. 사랑이 가슴에 차 있지 않은 사람에게서 우리는 새로운 미래를 기대할 수 없기 때문입니다."

작가 박완서가 인터뷰에서 말한 것처럼 사람에 대한, 대상에 대한, 무언가에 대한 사랑이 메말라 있는 일상의 조각들을 발견할 때마다 마음이 저려왔다.

설레는 반항

어떤 형태의 결혼식을 올리느냐는 정해진 정답이 있는 것이 아니라 가치의 우선순위를 재정비하는 하나의 선택이었다. 그러니 어른의 가치관, 집단의 가치관이 개인의 가치관보다 무조건적으로 우선시돼야 한다는 건 설득력 있지 않았다.

우리는 여행이라는 결혼식 계획을 양가 부모님에게 안내했다. 자식의 결혼식에 관여하지 않는 문화가 비교적 보편적인 미국인 남편의 부모님은 한 치의 망설임 없이 결혼식 계획을 승낙했지만 나의 엄마는 달랐다. 일가친척들에게 식구가 결혼한다는 인사를 전하고 싶어했다. 일생에 한 번뿐인 우리의 결혼식을 가족들과 소박하게 진행하고 싶었던 나와는 다른 생각이었다.

덕분에 결혼식을 준비하던 초창기에는 예비 남편보다 엄마와 더 많이 다퉜다. 서로의 가치관이 받아들여지길 바랄 뿐이었다. 서로의 마음을 몰라준다며 서운한 마음을 표하는 연인처럼 자기 입장만 설명하기 급급했다. 각자의 귀를 닫은 채 서로의 뒤통수를 향해 하고 싶은 말들만 던졌다. 그렇게 서로가 다른 생각을 가지고 있음을 받아들이지 못했던 것이다.

30년 전에 결혼한 엄마와 지금의 나는 서로 살아가는 모습, 생각하는 방식, 가치관 등 많은 것들이 달랐다. 그리고 기성세대로서 자식의 결혼식을 꾸리는 부모의 입장과 결혼식을 준비하는 당사자의 입장은 더욱 달랐다. 엄마와 나는 각자의 가치관을 위해 더욱 날을 세웠다.

그즈음 대학생 시절 한 교수님의 수업이 생각났다. 당시 토론식 교육이 유행이었는지 대부분의 수업은 토론, 토의식으로 진행되었다. 그런 부류의 수업들은 보통 주제에 관한 이견을 조율해 한 가지 해결책을 제시하는 방식으로 진행되곤 했었다. 결론적으로 그 수업들도 제시되는 무언가의 해결 방식을 찾아야 하는 또다른 방식의 정답 찾기 공부였다.

그런데 그 교수님의 수업은 달랐다. 여전히 존경하는 이 교수님의 모든 수업에는 옳고 그름이 없었다. 영화와 다큐멘터리를 감상하는 수업도 그중 하나였는데, 어느 날은 지구온난화에 관해 비교적 중립적인 주장을 펼치는 다큐멘터리를 보여주었다. 그러고는 학생들에게 질문했다.

"지구온난화는 무엇 때문에 생긴 걸까?"

10명 중 8명의 학생들은 화석 연료의 사용, 오존층 파괴, 무분별한 산림 파괴 등 인간의 생산 활동으로 인한 이유들을 제시했다. 당시 나는 그들과 달리 다소 엉뚱한 대답을 했었다.

"지구가 나이 들면서 조금씩 늙기 때문에 온도가 올라가는 건 아닐까요?"

그럼에도 교수님은 꾸짖거나 고개를 젓는 부정적인 반응을 보이지 않고 고개를 끄덕였다. 적어도 그 교수님은 조카딸뻘인 나의 이유를 끝까지 들으면서 생각을 이해하려 노력한 것이다.

"그럴 수도 있지. 그렇다면 그 주장을 뒷받침할 수 있는 자료를 다시 한 번 찾아보자."

그렇게 열린 결말로 수업은 끝났다. 누군가는 수업에 정답을 알려주지 않는다며 항의할지 모르지만 나와 친구들은 수업이 끝난 뒤에도 자발적으로 수업에 관한 대담을 계속했었다. 그제야 지구의 성장 주기보다 인간의 생산 활동의 부산물이 지구온난화에 더 큰 영향력을 미친다는 것을 알게 되었다.

이 얼마나 가치 있는 가르침인가. 이렇게 해야 한다, 저렇게 해야 한다, 이런 말들 없이도 생각이 진화했다. 차이를 이해하려는 시도의 말 한 마디로 학생들은 정해진 정답은 찾지 않고 스스로 사고하고 그 사고를 증명해내며 반성하고 성장했다. 다름을 이해하는 선행은 많은 것들을 긍정적인 모습으로 나아가게 한다. 이 시대의 사랑이란 이해로부터 시작되는 것이다.

다행스럽게도 떠오른 대학 시절의 기억으로 나는 맞고 너는 틀리다는 식의 사고방식이 문제를 해결하고 관계를 개선시키는 데 효율적이지 못함을 깨달았다. 사랑하는 사람과 사랑스러운 가정을 꾸리고 살고자 하는 일인데, 그 과정이 이해관계와 미움으로 일그러지는 것은 안타까운 일이었다.

이해와 사랑을 받고 싶은 나의 마음처럼 엄마 역시 이해와 사랑이 필요하리라. 하루에도 열두 번씩 "여행이 옳은 걸까?"를 물어보며 확신을 필요로 하는 엄마에게 내가 할 수 있는 유일한 일은 끊임없이 설명하고 설득하는 일이었다. 그리곤 타협안을 제시했다. 가족 여행으로 결혼식을 대체하되 일가친척들과 소박한 식사 자리를 갖겠다고 말이다. 내가 원하는 결혼식을 진행하기 위해서 책임져야 하는 최소한의 신뢰였다. 엄마는 그제야 딸의 제안을 승낙했다.

꽤나 두근거렸다. 문화라는 이름으로 굳어진 일상적이고 당연한 생각들이 조금씩 유연해진다는 것 자체로 즐거웠다. 우리 부부가 설득하고, 엄마가 한 발짝 양보한 덕분에 인생에서 역사적으로 기념할 만한 사건을 맞이했다.

처음이었다. 어른의 말을 최우선적으로 따라야 한다는 한국식 문화를 벗어나 격식과 형태에 구애받지 않는 의사 결정을 한 것이다.

그렇게 양가 가족들과 함께 우리가 찾은 목적지는 중국의 도시 상해였다. 부산에서 비행기로 고작 2시간 정도 떨어져 있기 때문에 어른들을 모시고 떠나기도 적절한 거리였다.

여행지에서의 추억은 관계의 밀도를 명백하게 촘촘하게 만든다. 오직 남편과 함께 걸었던 중국의 낯선 길을 엄마와 언니와 걷고, 시부모님이 내려주신 차를 마시는 경험은 우리 모두에게 새로운 추억이 되었다. 중국 근현대사가 오밀조밀 살아 있는 와이탄 거리를 구경하고 번쩍거리는 야경을 보며 서로 다른 생각을 나누는 색다른 여행이었다. 그렇게 수십 년을 따로, 다르게 살았던 두 가족은 서로의 다른 색을 조심스럽고 깊숙하게 받아들였다.

여행의 마지막 날 저녁, 호텔에 있는 작은 연회장을 빌려 소박한 드레스를 입고, 나와 남편은 가족들이 있는 자리에서 반지를 교환했다. 엄마와 언니는 중국 시장에서 산 연분홍색 장미와 하얀색 리시안셔스로 직접 꽃꽂이를 해 결혼식의 분위기를 더했고 미국인 시아버지는 며느리에게 주겠다며 수십 년 전에 사둔 목걸이를 꺼냈다. 한복을 곱게 차려입은 시어머님은 하나뿐인 아들의 새로운 가정을 꾸리기 위한 준비를 천천히 지켜보았다. 부모님과 형제들은 우리에게, 그리고 서로의 가족에게 축하와 감사의 편지를 읽으며 축복의 마음을 나누었다.

우리의 결혼식에는 당당한 신랑과 수줍은 미소의 신부 행진은 없었다. 누구나 춤을 추고 싶으면 춤을 추고, 울고 싶으면 울고, 말하고 싶으면 말했다.

앙리 마티스의 명화 〈춤〉처럼 환희에 가득 찬 우리는 모두가 평등하고 즐겁게 순간을 음미했다. 화려한 드레스와 근사한 버진로드, 반짝이는 조명이 없어도 아주 만족스러운 결혼식이었다. 누군가의 눈치를 볼 필요도 없이 아주 천천히, 순간순간을 각자의 방식대로 음미할 수 있는 기회였기 때문이다.

"지금 생각하면 참 좋았어."

여행으로 결혼식을 대체하는 것에 대해 두 손, 두 발을 들며 철석같이 반대하던 엄마 입에서 이런 말들이 나왔다. 여행의 추억을 더듬는 아련한 두 눈으로 결혼식 겸 여행이 아주 매력 있었다는 이야기를 하다니! 오히려 내가 깜짝 놀랐다. 그러면서 본인이 장식한 꽃꽂이가 없었다면 결혼식을 했던 연회장이 정말 볼품없었을 거라고 말하는 기세등등한 모습에 웃음이 나왔다. 주변 친구분들, 지인들에게도 즐겁게 결혼식 여행의 장점을 이야기하시는 걸 보면 완벽하진 않지만 좋은 선택이었다는 것을 실감했다.

일종의 설레는 반항이었다. 나는 이 반항이 매우 만족스러웠고 지금도 마찬가지다. 연예인처럼 작은 결혼식을 올리고 해외로 여행을 갔기 때문이 아니다. 스스로의 가치관에 기반해 하고 싶은 일들을 타당한 이유와 함께 사회에 제시했기 때문이었다. 많은 사람들이 나의 의견을 이해해주었고 존중해주었으며 인정해주었다. 서로가 서로를 이해하고 각자의 가치관을 억압하는 선택을 하지 않았기에 참 좋을 수 있었다.

제 자궁에
손대지 마세요

　즐거웠던 결혼식 이야기는 끝이 났다. 그리고 근종은 아직 배 속에 여전히 있었다.

　소고기, 돼지고기에만 매기는 등급이 나에게까지 매겨졌다. 우습게도 누군가에 대해, 무언가에 대해 평가하고 평가받는 한국에서 평생을 살았음에도 자궁에마저 등급이 매겨질 거라 자각하지 못했다. 그러다 근종이 자궁에 있다는 진단을 받고 본격적으로 나의 생물학적 여성성에 관한 등급을 인지했다. 얼굴도 그저 그렇고 집안도 별 볼 일 없는데, 직장마저 불안정한 프리랜서이니 이미 좋은 등급이 아닐 터였다. 거기에 근종까지 있으니 잘 받아도 D등급이 아닐까? 덕분에 무례한 타인들이 행하는 가치관 주입의 빈도수도 늘어갔다.

"결혼도 했으니, 어서 수술하고 임신부터 해야지."

20대 후반의 출산 적령기 여성이 근종을 가졌다는 소식을 들은 주위 사람들은 엄숙하고 진지한 목소리로 말했다. 아직 자녀 계획이 없음에도 불구하고 이런 말들을 듣고 또 들었다. 혹시나 분위기를 싸하게 만들까 미안한 마음에 높은 목소리로 신혼을 더 즐기겠다고 이야기하면 녹음 파일이 반복 재생되는 듯 같은 이야기가 시작되었다.

"그래도 여자가 젊었을 때 애를 낳아야 해."
"일단 낳으면 다 길러져."

공기보다 가벼운 그 말들이 하늘 위로 증발할 때마다 마음속에는 커다란 바위가 덜컹 떨어졌다. 아니, 나이가 젊을수록 건강한 아이를 출산한다는 근거는 과학적으로 입증된 부분이 있었지만 한 아이를 낳고 대학까지 졸업시키는 데 적어도 3억 원이 넘게 든다는 뉴스들은 어떻게 받아들여야 좋을지 난감했다.

맞벌이 부부가 월 500만 원을 번다고 가정해도 3억 원을 마련하기 위해서는 1원 한 푼 쓰지 않고 꼬박 5년이 걸린다. 만약 부부 중 누군가가 아이를 기르기 위해 외벌이를 택한다면 약 10년 동안 아무 소비 없이 보내야만 3억 원을 모을 수 있다. 열심히 일해서 아이들의 성장과 교육에 돈을 투자한다 해도 수십 년 뒤에 맞이할 스스로의 노후는 철저하게 외로워질 수 있다는 가정이 머릿속으로 계산되었다.

과연 벗어날 수 없는 이 구조 아래에서 아이를 많이 낳아 산다는 게 마냥 행복한 일이 될 수 있을까. 현대 시대에서 자식의 수는 부모의 재력을 의미한다는 기사의 내용이 먼 나라의 이야기가 아니었다.

임신과 출산을 강요하던 그들의 제안은 애국 행위로까지 의미가 번져나갔다. 나라를 위해서라도 아이를 낳아야 한다는 말들을 이해하기는 하지만 주어진 환경을 이겨내면서까지, 개인을 희생하면서까지 아이를 낳으라는 제안을 흔쾌히 받아들이기는 힘들었다. 인생의 크나큰 깨달음이 될 거라는 그들의 말은 과거에서 들려오는 메아리처럼 귓바퀴를 맴돌았다.

물론 타인의 시선이 불편해 근종을 제거할까 고민했던 순간이 수도 없이 많았다. 하지만 그 고민의 끝에는 '내 인생을 책임져주지 않을 사람들의 말을 무조건 들어야 할 필요가 있는가'로 귀결되었다. 타인의 기준대로 자궁 근종을 제거한다 해도 다른 기준들이 도미노처럼 지속적으로 내 인생을 결정지을 것이고 나의 의지가 숨 쉴 수도 없게 될까 두렵기 시작했다.

과연 스스로가 존중받고 싶은 만큼 누군가를 존중하고 존중받는 이해심이 있는 사회에서 살 수 있을까. 적어도 그런 사회에서 아이를 기를 수 있을까. 이해심도 배려심도 없이 자라난 아이가 누군가에게 어떤 가치관을 주고받으며 살지는 뻔한 일이었다.

"에휴, 애가 네 마음대로 생기니?"

그럼에도 불구하고 등 뒤로 들려오는 이런 말들을 영화 〈헬프〉의 흑인 가정부가 듣는다면, 백인 주인집 딸에게 건네었던 말을 나에게도 할 것만 같았다.

"나를 험담하는 바보 같은 말들에 귀 기울일 필요가 있을까? 내 삶은 내가 결정하는 거란다."

임신과 출산을 강요하는 이들이 나의 인생을 대신 살아줄 것도 아닌데, 그들만의 잣대에 휘둘려 내가 살아가는 방식을 잃어버리는 것은 바보 같은 일이었다.

자궁 근종 제거 수술도 스스로가 판단하는 합당한 시기에 수술을 받아도 문제 될 게 없으며 출산 역시 남편과 내가 적절하다고 생각하는 시기에 진행해도 무슨 상관이 있으랴.

남은 인생에서 많은 선택들도 마찬가지였다. 나를 이해하려 노력조차 하지 않는 무례한 타인들의 기준에 어긋나지 않도록 산다는 것은 무의미한 행동이었다. 누군가의 이해를 바라면서도 스스로조차 이해하지 못하는 이중적인 태도이기도 했다. 이제야 나를 이해하려 노력조차 하지 않는 무례한 타인들에게 당당하게 말할 용기가 생겼다. 누군가가 나를 미워하더라도 말이다. 그러니 정중하게 부탁해본다.

"제 자궁에 손대지 마세요."

2. 당당한 마음

누군가에게 좋은 평가를 받기 위해 노력했던 마음을 내려놓으니

오히려 개성을 인정받았다. 사실 이젠 누가 어떤 말을 하든 상관이 없다.

못생겼다 해도 뭐 어떤가! 스스로가 충분히 좋으니 말이다.

창피하고
충격적이었던 하루

근종을 즉각적으로 제거하지 않으려는 이유는 단지 사회적 통념에 저항하려는 의지 때문만은 아니었다.

병원을 다녀온 후부터 당장 수술을 받는 게 옳을지 여부를 계속 생각했다. 따지고 보면 자궁 근종을 처음 발견한 병원을 다녀온 다음 날부터 나를 둘러싼 많은 것들이 격변했다. 그날을 정의하면 아마 내 인생을 통틀어 가장 창피하고 부끄러우며 충격적이었던 하루였다.

표면적으로 그날은 남편과 점심을 먹고 카페에 가서 이야기를 나누는 일상적인 데이트였다. 다만 그날 우리에겐 일상에 없던 근종이 끼어 있었다. 마치 언제 터질지 모르는 폭탄처럼 은근

한 긴장감이 흘렀다. 나는 최대한 근종이란 폭탄을 건들지 않고 데이트를 마치고 싶었다. 하지만 그 시점의 우리는 서로의 얼굴만 봐도 무슨 생각을 하는지 예상 가능한 사이가 된 예비 부부였다. 아마, 남편은 어색하게 반 톤 올라간 내 목소리와 자궁 근종의 'ㅈ'도 꺼내지 않는 모습을 보고 눈치챘을 테다. 너무 많이 신경을 써 오래전부터 앓고 있던 위장 장애가 도졌다는 사실을, 심지어 엄마 몰래 화장실 변기를 잡고 토악질까지 했을 거라고.

나 역시 남편의 눈이 퀭하다 느꼈다. 아마, 무언가 때문에 잠을 자지 못했으리라. 혹시나 나 때문은 아닐까 걱정스러울 뿐이었다. 아니나 다를까 그는 자궁 근종에 관한 논문을 살펴보느라 새벽녘까지 잠을 자지 못했다고 했다. 그러고 보니 두 눈이 퀭하긴 하더라도 눈빛의 기세가 당당했다.

"일단 내 말 들어봐."

일단이라고 말하기 시작했을 때부터 두렵기 시작했다. 하지만 무슨 이야기를 할까 싶어 듣고 있었다. 애꿎은 커피잔만 만지작거리고 있었다.

"자궁 근종은 네가 생각하는 것처럼 위험하지 않아. 내가 보장해."

딱딱하게 굳었던 어깨에 힘이 빠지면서 고마움과 미안함, 긴장감이 한데 섞여 묘한 기분이 들었다. 굳이 표현하자면 얼떨떨하다고 할 수 있을까. 하지만 그의 태도에 나는 분명 놀랐다.

남편은 미국 예일대학교 대학원에서 암세포 연구로 박사 학위를 취득한 과학자였다. 자그마치 10년이 넘는 시간 동안 생명 연구를 진행했고 생명 분야에서 종사할 학생들을 가르치는 선생을 업으로 하고 있었다. 그러니 과학, 의학 실험 이해도가 나오는 다른 전문 자료를 해석하는 뛰어난 실력을 가진 전문가였다. 하지만 단순히 그 능력을 나의 건강을 위해 사용했다는 사실 때문에 놀란 것은 아니었다. 애정이 스며든 행동에 감동해서도 아니었다. 남편의 말에 두려움의 실제와 마주하려고 노력조차 하지 않은 스스로를 인지한 것이다.

단 하루였지만 주먹만 한 근종을 가지고 있다는 의사 소견을 듣고 난 후, 나는 이성적 사고와 거리가 먼 인간이 되었었다. 될 대로 되라는 심정으로 집에 돌아오자마자 텔레비전을 켜고 연예인들이 나와 웃고 떠드는 모습을 보며 자궁 근종을 잊고 싶었다. 물론 달빛 밝은 밤이 되어도 근종 때문에 잠을 못 이뤘다. 차라리 술에 얼큰하게 취해 근심 걱정을 잠시나마 잊어볼까 싶기도 했다. 그렇게 시간만 보낸 후 만난 남편의 입에서 집념 어린 노력의 말들이 들리자 따끔했다. 전기에 감전된 듯 온몸에 전율이 흘렀다.

중세 신학자이자 저명한 철학자인 토마스 아퀴나스는 그의 철학을 통해 인간이 행하는 나쁜 행위의 원인을 설명했다. 그중 하나가 '무지'이다. 그는 무지에도 여러 종류가 있는데 크게 '알지 못하기 때문에 생기는 무지'와 '알고 있지만 노력하지 않는 무지'로 나눴다. 전자는 우연히 발생해 당사자도 인식하지 못할 수 있고 그에 따른 행동 역시 의도를 품고 있지 않기 때문에 이런 '무지'는 용서 가능하다고 말했다. 인간의 능력 밖의 일이기 때문이다.

하지만 후자인 '알고 있지만 노력하지 않는 무지'는 다르다. 아퀴나스는 '문제를 알고 있잖아요? 극복 가능한 것도 알고 있고요? 근데 왜 안 하죠?'라고 이야기했다. 그러니 신학자이자 철학자인 그의 논리에서 극복될 수 있는 무지를 극복하지 않으면 죄가 된다. 당사자가 특정한 정보나 행위 요소를 습득할 수 있음에도 불구하고 노력하지 않는 행동은 태만이기 때문이다.

그랬다. 분명 환자는 남편이 아닌 나였다. 그럼에도 태만하고 안일했다. 정작 당사자는 진실을 마주하기 두렵다는 핑계로 자궁 근종이란 질병의 기초 정보조차 파악하려 하지 않았다. 그저 어떻게 하면 이 문제를 회피할 수 있을까에 집중하고 있었다. 좀 더 깊숙이 자기 성찰을 해보면 자궁 근종이란 질병 정보를 찾아보는 과정도 귀찮았다. 하고 싶지 않은 숙제를 산더미처럼 받은 데다 내일까지 완수해야 하는 압박이 느껴졌다.

남편의 말과 아퀴나스의 철학이 한데 섞여 머리에 묵직하게 스며들었다. 나는 나를 책임지지 않았다. 수술을 받아 근종을 제거하든 제거하지 않든, 내 선택의 근거를 생각해보지 않았다. 내 몸을 살필 수 있었음에도 이를 거절한 셈이었다. 여러 핑계를 대며 태만하게 하루라는 귀중한 시간을 강물에 돌 던지듯 무심하게 보내버렸다.

만약 노력하지 않고 시간만 흘려보낸 후 수술을 받았다면 어땠을까? 여전히 본인의 행동에 책임지지 않으려 누군가를 비난하지 않았을까? 조금 과장하면 도대체 생각이란 걸 하고 사는지 스스로에게 창피했다.

두려움과
마주할 거야

 더 부끄럽게 살 순 없었다. 차라리 모르면 몰랐지 이미 핑계를 대고 자기 합리화를 하는 스스로를 발견해버렸다. 이런 상태라면 남편, 엄마, 친구, 사회를 상대로 당당하게 마주하지 못하리라. 물론 얼굴이 두꺼웠으면 모르는 척, **뻔뻔**할 수 있겠지만 점차 메아리치는 내면의 목소리를 외면할 순 없었다. 일단 근종이 어떤 녀석인지 알고 수술을 할지 여부를 결정하자고 다짐했다.

 하지만 안타깝게도 나는 근 15년 전부터 수포자(수학 포기 학생), 과포자(과학 포기 학생), 문과생 타이틀을 가진 삼관왕이었다. 시와 소설을 읽으며 10대를 보냈고 영화와 연극을 보며 좋은 영화감독이 되길 소망했다. 하지만 재능의 한계를 인식하곤 마케터가 되었다. 그럼에도 여전히 글을 쓰고 좋은 이야기를 수집하는 취미를 가지고 있었다. 제대로 된 의학 정보와는 거리가 멀었고 관련 지식을 가져본 적 없는 일상을 보냈었다. 그러니 근종이 위험하지 않다고 남편이 알려주었는데도 무엇 때문이었는지 기억조차 나지 않았다. 이런 내가, 의사도 간호사도 아닌 내가, 과연 자궁근종을 이해할 수 있을까.

7년 전 즈음 난생처음 달리기를 시작했었다. 10km 마라톤 출전을 목표로 잡은 후 멋있게 땀을 흘리며 달릴 생각을 하니 의욕이 가득했었다. 그래서 달리기를 시작한 첫날부터 숨이 턱까지 차오르고 심장이 터질 듯 뛰었다. 덕분에 성취감은커녕 며칠이 지속되는 근육통이 찾아왔고, 달리기를 꼭 해야 하는지에 대한 근원적인 고민을 심각하게 했다. 하지만 이미 지불한 10km 마라톤 참가비는 전액 환불받을 수 없었다. 당시 5만 원이면 3만 원짜리 안주에 소주 6병을 시켜도 2천 원이 남는 금액이었다. 소주를 사랑했던 한 사람으로서 그 돈을 허공에 뿌릴 바에는 차라리 달리는 고통을 감내하는 편을 택했다.

'일단 시작해보자! 설마 죽기야 하겠어?'

눈앞에 아른거리는 신사임당이 아까웠다. 구체적인 기록 목표도 세우지 않은 채 해가 지면 집 앞 대학교에 있는 운동장으로 나갔다. 하루가 지나고 일주일이 지나면서 '피곤해' '힘들어' '지쳤어' 등 뛰기를 거부하는 변명들이 마음속 문을 열고 튀어나왔지만 꾹 참고 운동장으로 향했다. 얇게 깔린 어둠 위로 조명이 켜진 운동 장 트랙을 쉬고 뛰기를 반복했다.

1~2주 동안에는 꽤 삽질을 반복했다. 오래 뛰었겠다 싶어 휴대 전화 어플로 내가 뛴 거리와 시간을 계산했지만 고작 2~3km에 불과했다. 한 판에 30분 걸리는 컴퓨터 게임을 할 때는 시간이 잘 만 가더니 15분, 20분 뛰기는 왜 그렇게 시간이 안 가는지 헛웃음 이 나왔다. 그래도 포기하기보다는 거북이 기어가듯 느려도 꾸준 히 해보기로 했다. 그러고 쉬었다 뛰고, 뛰다 쉬기를 몇 주간 반 복했다. 신기하게도 뜀박질을 뛰는 다리에 힘이 들어가고 몸이 가벼워지기 시작했다. 1개월, 2개월이 지나니 뛰는 거리와 시간 이 부쩍 늘어갔다. 마음의 유혹들을 흘려보내기 시작하니 내 몸 은 그제야 달리기에 익숙해지기 시작했다. 슬슬 자신감도 붙어 한강변에 나가 뛰기도 했다.

그러더니 진짜 '10km 마라톤을 완주할 수 있을까?' 했던 상상 이 현실이 되었다. 2개월 뒤, 소요시간이 1시간 30분에서 50분대 로 줄어든 신기록을 세운 게 아닌가. 물론 달리기를 오랜 기간 한 사람들과 상대평가로 보자면 뛰어난 기록은 분명 아니었다. 하지 만 약 3개월 동안 거북이 기어가는 듯 느렸지만 매일 조금씩 나 아진 것이다. 그러니 다른 사람들의 기록이 나보다 우수할지언정

일단 시작해보자!

설마 죽기야 하겠어?

충분히 나는 만족스러웠다. 다른 사람들과 성장 속도와 기록을 비교하는 행동은 더 이상 의미가 없었다.

과거의 마라톤 경험을 생각하니 조금은 여유로워졌다. 마라톤을 준비하던 당시의 나는 뛰기 시작한 지 겨우 2~3개월이 지난 초보자였지만 매일 발전한 성적을 기록했었다. 원하는 목표를 달성하기 위해 꾸준히 노력하니 자연스럽게 그에 상응하는 보답이 왔다. 그렇다면 근종에 대한 공부도 마찬가지가 아닐까 감히 생각했다.

신문기자였던 말콤 글래드웰은 그의 저서 『아웃라이어』에서 '무엇인가에 대해 전문가가 되려면 1만 시간을 투자해야 한다'고 말했다. 말이 1만 시간이지, 하루 2~3시간씩 매일 투자해도 약 10년이 걸린다. 꾸준히 무언가에 대해 공부해가는 시간이 쌓이고 그 지식들이 견고하게 엮여 전문가에 버금가는 경험을 만든다는 것이었다. 비교하긴 머쓱하지만 꾸준히 노력했고 원하는 성적에 가까워지는 경험을 축적했다는 점에서 나의 첫 마라톤이 1만 시간의 법칙의 맛보기 경험이라고 생각한다.

의사가 될 계획은 없었다. 근종이 무엇인지 알고 내 선택에 대한 책임을 지고 싶었을 뿐이다. 그러니 근종에 관해 1만 시간까지 공부하는 것은 아니더라도 노력조차 안 하는 무지한 인간이 되고 싶지는 않았다. 누구에게든 근종 제거 수술을 한다면 수술을 하는 이유를 설명하고, 수술을 하지 않는다면 수술하지 않는 이유를 충분히 설명하는 주체적인 사람이 되고 싶었다. 어차피 의사, 간호사도 의학 공부를 시작했을 때는 나와 같은 백지상태였을 거라 생각했다. 그렇게 생각하니 더 호기로워졌다.

이왕 하기로 한 거 자궁 근종과 제대로 마주하기로 했다. 다만 속력을 내어 욕심을 부리기보다는 할 수 있는 선에서 조금씩, 꾸준히 노력하는 방법을 택했다. 하루 1~2시간, 혹은 필요에 따라 그 이상의 시간을 내어 정보를 찾고 영어와 의학 전문 자료에 익숙한 남편의 도움을 받기로 했다.

솔직히 노력 없이 남편에게 근종 관련 정보를 수집해달라고 부탁해 쉬운 길을 가고 싶은 마음도 들었지만 금세 고개를 저었다. 쉬운 길을 택해서 스스로가 질병을 이해하려고 노력하지 않는다면 근종을 마음대로 제거하라, 제거하지 마라, 지시하는 세상을 향해 '내 자궁은 내가 알아서 해!'라고 소리칠 명목이 없다. 그리고 본인의 질병을 이겨내기 위해 다른 이의 노동력을 사랑이란 이름으로 착취하는 건 올바르지 않아 보였다. 비록 남편이라 할지라도 그의 시간을 할애해서 나에게 쓰라고 명령 아닌 명령을 내리는 아내는 꽤 부당하게 느껴졌다.

노트북 모니터 앞에 앉아 남편이 알려준 의학 사이트에 접속했다. 다행히 10년이 넘는 세월 간 받았던 영어 교육과 취업을 위해 준비한 토익 덕분에 기본적인 정보는 해석이 가능했다. 그런데도 모르는 단어와 전문 용어가 난무할 때는 한쪽에 영어 사전을 켜 두고 의학 사이트와 번갈아 보면서 엉금엉금 정보를 습득하기 시작했다.

수술을 미룬
네 가지 이유

　많은 문과생들이 그러하듯 나 역시 과학 다큐멘터리 하나를 보더라도 돌려보고 또 돌려봐야 했다. 내용을 이해하기는 둘째치고 내용조차 기억하기가 힘들어서 그랬다. 그런데 신기하게도 돌아서면 대부분을 까먹는다. 과학적 사고를 잘 못하는 데에도 문제가 있었지만 이 정도면 기억력을 담당하는 뇌의 일부분이 고장난 건 아닐까 심각하게 고민하기도 했다. 하지만 계속해서 머리를 탓할 수는 없었다. 근종에 대해 알아보기로 칼을 뽑았으니 무라도 자를 수 있게 칼을 갈아야 했다.

　일단 가장 취약한 부분인 기억력 문제를 극복하기 위해 과학적 정보를 기록하고 정리하는 습관을 가지려 노력했다. 그리고 온라인 세계에 떠돌아다니는 정보들을 걸러내야 했다. 그렇게 수많은 밤을 보내며 남편에게 과학을 배웠고 근종 공부를 했다. 당연히 어렵고 낯선 내용이 쉽게 이해가 되지 않았다. 그럴 때마다 남편은 과학 지식을 말 그대로 이해할 수 있을 때까지만 알려줬다. 일종의 보충 수업도 종종 들었다. 어쩌면 자의 60%, 타의 40%로 이루어진 성과일지 모를 일이었다. 덕분에 100여 개가 넘는 논문과 기사, 정보 페이지들을 인터넷 즐겨 찾기에 추가했고 노트 필기 앱엔 관련 메모가 150여 개가 넘었다.

나는 근종에 관한 논문을 보는 것을 시작으로 식품 영양, 환경호르몬, 유방암 같은 여성 질환 등 수없이 많은 자료들을 찾아봤다. 근종은 근종 자체로만 존재하는 게 아니라 음식, 생활용품, 환경 등 다른 분야와 그물처럼 깊숙한 연관이 있었다. 근종에 관해 모든 걸 아는 건 아니지만 많은 걸 알아갔고 알아가고 있었다.

의도치 않았지만 근종을 당분간 수술하지 않겠다는 의학적 근거들이 쌓였다.

첫 번째로는 내가 가진 자궁 근종의 종류는 근층내근종으로 암으로 변할 가능성이 1% 미만인 양성 근종이었다. 이 종류의 근종 세포는 자궁근육층에 자리 잡고 있으며 주위에 있는 다른 정상 세포를 공격하지도 않고 아주 천천히 자란다. 이러한 특징을 잘 알지도 못하고 원망부터 했으니 괜히 얌전하게 가만히 있는 아이에게 말썽 부린다고 야단친 격이었다.

두 번째 근거는 자궁 근종 제거 수술이 꼭 필수적이지 않다는 의학계의 방향이었다. 물론 근종 자체가 임신과 출산의 위험성을 높여주는 건 사실이다. 하지만 메이오 클리닉, UCLA와 같은 해외 유명 병원과 미국의 보건복지부 산하에 있는 Office on Women's Health 같은 해외 국가 기관에서는 기본적인 관리법으로 '관찰'을 추천했다. 특별한 증상이 없다면 3~6개월마다 병원을 방문해 주기적으로 초음파 검사를 받고 근종 크기를 추적하길 권했다. 만약 근종의 성장 속도가 급격히 빠르거나 난임의 원인이 되는 등 분명하게 해를 가하는 이유가 없는데도 근종 제거 수술을 한다면 과잉 진료가 될 수도 있었다. 그렇기 때문에 심지어 10cm 이상의 거대 근종이라 하더라도 특별한 증상이 없다면 근종 제거 수술을 받지 않는 많은 사례들이 존재했다.

내가 방문한 네 곳의 병원 중 두 곳도 근종 상태를 지켜보자는 소견을 전했다. 한 곳은 수술을 하는 편이 좋겠으나 지금 당장 하지 않아도 괜찮겠다는 비교적 중립적인 의견을 제시했다. 미국 스토니브룩 의대와 매사추세츠 종합병원에서 일하는 남편의 친구들에게도 조언을 구했지만 마찬가지 반응이었다.

세 번째 근거는 나의 근종은 난임이 될 정도로 위험한 상태가 아니었다. 사람에 따라 근종의 종류와 형태는 많이 다르다. 그래서 내 근종을 본 많은 전문의들은 임신 시도를 최우선으로 강조

했다. 작지는 않지만 크지도 않은 약 7cm와 5cm, 두 개의 근층내 근종이 자궁 경부 쪽에 위치해 충분히 임신이 가능하다는 소견이 었다. 그러니 임신 시도를 해보고 시도가 지속적으로 실패하면 난임의 원인이므로 근종 제거 수술을 받자고 권했다.

한 여성병원 전문의는 근종이 난임의 원인이 될지, 안 될지는 아직 모르는데 칼을 대면 자궁 유착, 다량의 출혈 등 부작용이 높다며 그 부작용들을 일일이 읊어주기도 했다.

네 번째 근거는 수술 후 발생하는 꽤 높은 재발률, 재수술률이 었다. 나 역시도 근종 제거 수술을 받으면 치료가 끝이 날 것이라고 생각했었다. 두 번 다시 근종으로 마음 고생할 일이 없을 거라 생각했었는데, 자료가 보여주는 결과는 완전히 달랐다. 캐나다 정부에서 14편의 논문을 정리해 발표한 자료에 따르면 MRI 유도 하이푸로 자궁 근종을 제거한 후의 재발률과 재수술률이 약 15%를 넘었다.[1] 한국에서는 이보다 재발률과 재수술률이 일반적으로 더욱 높은 초음파 유도 하이푸를 대중적으로 시술하고 있었다. 복강경으로 자궁 근종 제거 수술을 받은 환자들을 추적한 일본의 연구 결과에서는 수술을 받은 후 5년 이내 재발률이 60%를 넘는 수치를 보였다. 물론 한국인을 대상으로 한 자료는 아니기에 편차가 있을 것으로 예상하지만 근종 제거 수술 이후에도 재발의 문제는 충분히 발생할 수 있음을 예측할 수 있었다.[2]

UCLA Health, 미국 UCLA 대학 산하에 있는 의료 재단에서는 근종 환자에게 근종 수술이 아닌 자궁 근종 클리닉 서비스를 제공하고 있다. 프로그램을 살펴보니 환자 개인의 스트레스, 식습관, 운동량, 수면 상태 등을 분석해 적절한 식단과 운동 방법, 생활 습관을 권하고 있었다.

'편리하지 않지만 건강하게 사는 느린 삶, 이런 일상적인 변화를 통해 근종을 관리하려는 센터가 있다니.' 교통사고나 뇌 질환 같은 중증 질환에서나 재활 훈련이란 이름의 클리닉을 운영한다고만 생각했던 터였는데, 세상을 너무 좁게 보았을지도 모른다.

근종을 제거한다고 모든 문제가 해결되는 것이 아님을 자료를 찾으면 찾을수록 느꼈다. 그럴수록 처음 근종을 발견한 병원에서 마주한 의사의 표정이 계속 떠올랐다. 주름이 생길 정도로 좁혀진 미간, 내려간 입꼬리, 끔찍한 것이라도 본 듯한 눈빛. 그 표정에 눌려 지금 당장 수술을 하지 않으면 큰일이 날 것만 같았다. 근종을 불길한 세포 덩어리로 취급하면서 환자가 아닌 임신과 출산을 하는 여성의 기능에 문제가 생긴 관점으로만 수술을 권유했었다. 당시의 나는 그 말들에 마음이 동요했고 그 동요가 불안감으로 번져 사시나무가 바람에 떨 듯 불안했었다.

같은 양상을 두고 수술에 부정적인 의견을 가진 정보들이 너무나 많았다. 의사의 주관적 소견으로 극복하기엔 좁혀지지 않는 차이가 컸다. 그러니 어렵게 모았던 정보들이 한없이 소중해졌다. 정보가 없었을 때는 외부에 너무나 쉽게 영향을 받았다. 뿌리가 깊이 내리지 못한 나무처럼 흔들리기 일쑤였다. 하지만 이제는 제법 뿌리가 깊어졌다. 동요와 불안감을 부르는 외부의 자극에도 흔들림이 없었다. 나의 가치 판단은 더 이상 외부인에 의해 이뤄지지 않았다. 침을 튀겨가며 설명을 구하고 눈이 벌게지도록 모니터를 뒤져가며 찾은 근종 정보들이 금 덩어리나 다름이 없었다. 그 어떤 화려한 장신구, 아름다운 옷보다 사랑스러웠다. 이렇게 스스로를 당당하게 만들 수 있는 것들이 얼마나 될까? 객관적 사실을 바탕으로 하는 자기 확신은 아름다웠다.

초기의 목표대로 근종에 대해 공부한 후 나의 결정에 책임을 지겠다는 의지를 지켜낸 셈이었다.

이제는 딱 1년 동안만이라도 나의 근종들을 관찰하겠다는 욕구가 생겼다. 믿기 힘들 정도로 일상적인 생활 습관의 변화를 유도하는 근종 클리닉 프로그램을 짧지만 긴 시간 동안 본인에게 시험하고 싶었다.

순간적으로 이런다고 효과가 있을까 싶은 생각이 스쳤지만 가능한 것만 꿈꾸고 가능한 것만 실천하기엔 삶은 희망적이었다. 까짓것 해보자 결심했다. 실제로 경험상 할까 말까 고민될 때는 하고 후회하는 편이 보통 나았다. 실패를 한다고 해도 그로 인해 얻은 깨달음은 다음 성공을 위한 거름이 될 테니까.

무엇보다 일종의 관찰 욕구가 우선했다. 어떤 상황에서 근종이 성장하는지, 성장하지 않는지, 식습관과 생활 습관을 조절하는 관리법이 어떤 영향을 미칠지 궁금했다.

사실, 근종은 근종 세포를 완전히 제거하는 수술이 아니면 없애기 어렵다. 수술을 받아 제거한다고 해도 다시 근종이 생길 수도 있다. 그러니 수술을 할지, 말지는 더 이상 중요한 문제가 아니었다. 건강하게 사는 습관은 근종을 줄이지 못한다 하더라도 내 일상은 전혀 손해 볼 게 없었다. 남은 생을 건강하게 살 수 있는 토대를 다지는 셈이기 때문이다.

적절한 의사를
만나다

　'병원 쇼핑'이란 말이 있다. 병의 치료가 올바르지 않거나, 특정한 질병 치료를 즉시 받지 못하는 등 여러 가지 이유로 이 병원 저 병원을 옮겨 다니는 환자의 행태를 나타내는 말이다. 어떤 신문 기사에서는 이러한 '병원 쇼핑족'을 두고 조급증을 가진 사람이라고 칭하기도 했다. 빨리 치료를 받고 싶어하는 사람들의 심리 상태를 빗대어 표현한 것이다.

　물론 여러 병원을 예약해놓고 통보 없이 일방적으로 예약을 취소하는 병원 노쇼No-show 고객은 비판받아 마땅하다. 때에 따라 상황이 급한 환자들의 진료 기회를 빼앗아 가버리는 이기적인 행동이기 때문이다. 하지만 의사의 치료 방법이 적절치 않아 다른 의사의 진료가 필요하거나 여러 의사의 의견을 필요로 하는 환자

입장에선 병원 쇼핑은 필수다.

나 또한 동일한 질병이라도 의사의 소견에 따라 치료 과정에 엄청난 차이가 생길 수 있음을 직접 체험했다. 내 자궁은 시시때때로 모습을 바꾸는 그런 변덕쟁이가 아님에도 의사마다 근종을 바라보는 시선이 달랐다. 그러니 근종을 발견했던 병원만 다녔다면 바로 그 병원 수술대에 누워 근종을 제거했을 테다. 반대로 부작용을 읊으며 수술을 반대했던 병원만 다녔다면 아마 평생 수술을 받지 못할지도 모른다. 우리는 살면서 이유 모를 약을 먹을 수도 있고 이유 모를 처방을 받을 수 있다. 나는 이유 모를 수술을 받을 뻔했다.

나는 서울에 위치한 종합병원을 찾아갔다. 그 사이에 초음파 검사를 다섯 번이나 받았으니 여섯 번째 방문한 병원이었다. 병원 사이트에 기재된 프로필에는 다른 전문의보다 자궁 근종에 관해 더 많은 연구 자료가 실려 있었다. 그게 이 병원을 방문한 이유이기도 했다. 궁금증도 해결하고 좋은 정보를 얻을 수 있을 것만 같은 기대감이 들었다.

하지만 대기실 의자를 빼곡하게 채우는 환자들을 보고는 좌절 아닌 좌절을 했다. 환자 진료에 쫓겨 다른 의사들과 별반 다를 바 없이 기본적인 설명만 듣고 끝날 수도 있겠다고 예상했다.

"자궁 근종이 작지는 않아요. 그렇다고 너무 크지도 않습니다. 근종도 위험한 종류가 아니니 계속 지켜보는 게 좋겠어요."

분명 수많은 환자들을 만나면서 단련된 안정적인 목소리였다. 위협, 안타까움, 동정, 불안 같은 감정이 느껴지지 않는 고요함이 오히려 낯설었다. 그 목소리에 부유하던 불안감이 무겁게 가라앉았다. 어수선하게 놓인 정신을 가지런히 정리하고 손에 쥐고 있던 꼬깃꼬깃한 종이를 펼쳤다. 혹여나 긴장감 때문에 궁금했던 질문들을 잊어버릴까, 답답한 마음을 풀지 못하고 돌아올까 노심초사하며 적고 지우길 반복했던 질문 리스트였다. 얼마나 접고 펴길 반복했는지 종이가 맞닿은 부분은 손때가 묻어 거무스름하기까지 했다.

"그럼 자궁 근종은 Intramural인가요?"
"네. 그런 것 같네요. 운동을 꾸준히 하시고 건강한 음식을 많이 드세요. 고기는 적게 드시는 게 좋아요."

근층내근종으로 불리는 Intramural fibroid는 자궁 근종 내에 발생하며 근종 환자의 약 80%가 가지고 있는 흔한 종류다. 의사는 근종의 종류, 위치, 크기 등을 하나하나 설명하며 나의 경우는 수술을 유보하길 권했다. 나는 나의 근종이 자궁 내부가 뒤틀리며 커지는 점막하근종submucosal fibroid이 아니라 다행이라며 가슴을 쓸었다. 점막하근종은 직접적으로 난임의 원인이 될 수 있고 수술을 하더라도 위험성이 높은 근종 종류다.

자궁 근종의 유형에 대해 공부한 후로 얻을 수 있는 정보는 더 많아졌다. 근종 종류를 묻는 질문에 이렇게 자세하게 대답해주는 의사를 처음 만난 것이다. 그런데다 1년간 지속하고자 했던 건강한 생활 습관이 꼭 필요하단 이야기를 해주지 않았는가. 긴장감에 벌벌 떨리던 두 손과 미세하게 흔들리던 두 눈에 힘이 들어갔다.

의사는 사실에 근거한 질병 상태를 안내했고 의학적 소견을 전달하는 데 우선했다. 환자의 선택에 어떠한 영향을 미치겠다는 의도는 전혀 느껴지지 않았다. 병원을 방문한 후 이토록 평온한 마음을 가져본 적이 없었다. 신뢰할 수 있는 의사를 만난다는 기쁨이 이렇게 행복할 거라 생각하지 못했다. 몇 가지 질문과 대답을 들은 후 우린 6개월 뒤의 만남을 기약했다. 이런 의사가 이 세상에 있을까 싶었는데, 꿈에 그리던 의사를 딱 만났다. 나는 이 종합병원 의사를 내 주치의로 선택했다.

"6개월 뒤에 초음파 검사를 다시 해봅시다."
"선생님, 너무 감사합니다."

20분이 넘는 시간을 할애해도 믿음이 생기지 않는 의사가 있는 반면 단 10분의 진료만으로도 신뢰가 생기는 의사가 있다. 개인적 경험과 추구하는 가치관에 따라 의사를 대하는 반응도 다양하겠지만 말이다. 나처럼 근종을 지켜보고자 하는 환자는 수술을 권하는 의사를 선호하지 않겠지만 근종을 즉시 제거하고 싶은 환자는 선호할 테다. 그러니 적절한 주치의를 만날 때까지 병원 쇼핑은 적극적이고 당당하게 이루어져야 한다.

나쁜 년으로
살래

엄마는 나와 달리 수술을 통해 근종을 제거하길 바라는 눈치였다. 당장 수술을 받지 않겠다고 선언했을 때부터 이틀에 한 번꼴로 근종 이야기를 꺼냈다.

"그래도 이제 결혼도 했으니 애를 보려면 어서 제거하는 게 안 좋겠어?"

일단 우리 부부는 향후 2년간은 임신 계획이 없음을 설명했다. 엄마는 입을 꾹 닫았지만 젊은 네가 무얼 알겠냐는 눈빛을 보냈다. 결혼을 했으면 당연히 임신을 준비해야 한다는 게 엄마의 지론이었다. 곧이어 아이를 낳고 기르는 과정에서 얻는 행복감이 얼마나 큰지 모르고 하는 소리냐며 몇 번의 말씨름이 반복되었다. 수술을 당장 안 해도 괜찮다는 주치의의 객관적인 소견을 근거로 제시해도 소용없었다.

아이를 낳고 기르는 게 신의 축복임을 동감하고 또 동감한다. 원래부터 아이를 좋아해 길을 가다 마주하는 갓난아기부터 유치원생까지 하나같이 너무 예뻤다. 아장아장 걷는 다리며 오동통한 볼을 볼 때면 말 그대로 심장 폭행이었다. 그러니 나중에 태어날 우리의 아기도 오죽 예뻐 보일까. 자녀가 부모에게 열어주는 또 다른 차원의 우주를 꿈꾸며 남편과 나를 반반 닮은 아이를 품는 미래를 꿈꿨다. 분명 임신과 출산은 경이롭다.

하지만 그 선물을 받아들이기 전에 몸과 마음을 관찰하는 기간을 1년가량 가지겠다는 게 용인되지 못할 가치인가. 이런 마음의 상태로는 아이의 인생에 좋은 영향을 미칠 자신이 없었다.

통증이 느껴지지 않는다고 해도 나는 환자였다. 그래서 질병의 치료 방법을 스스로 결정하겠다는 의사를 밝혔음에도 이를 관철시키기는 쉽지 않았다. 여자로서의 내 몸은 이미 내 몸이 아니었던 걸까. 이 말을 들은 엄마는 결국 누굴 닮아 그리 고집이 세냐고 화를 버럭 냈다.

"엄마, 내 몸이잖아. 내 선택을 믿어주면 안 돼?"

"나쁜 년."

휴, 이 말을 들으니 정말 나쁜 짓을 하고 다니는 불량소녀 같았다. 법적인 테두리에서 어긋난 행동을 한 것도 아니고 그저 엄마의 가치관과 나의 가치관이 달랐기 때문에 생긴 선택 차이였다. 그런데도 왜 이런 소리를 들어야 하는 걸까. 대한민국에서 자식, 학생, 부하직원, 여자로 무언가에 대한 의견을 강력하게 주장하면 나쁘고 드세고 고집 센 사람이 되고 만다.

이렇게 된 바에는 조신하고 순종적인 여자로 살지 않으리라. 적어도 이 항목에 대해서는 엄마에게 착한 딸이 되려는 마음을 접었다.

누가 뭐래도 1년간은 자궁 근종을 지켜보고 생활 습관을 개선하는 나의 시간을 가지겠다고 다짐했다. 주치의를 만났을 때 근종의 크기가 약 7cm 정도였다. 보통 자궁 근종은 평균적으로 1년에 1cm가량 성장한다고 하니 근종의 크기가 커질지라도 수술 과정엔 큰 차이가 없었다. 그럼에도 만약 1년도 안 되어 3~4cm 이상 커진다면 급박하게 수술을 고려해야 한다는 가능성도 염두에 두었다. 이를 확인하기 위해서라도 주기적인 초음파 검사는 필요했다.

"엄마, 내 몸이잖아.

　　　　내 선택을 믿어주면 안 돼?"

"나쁜 년으로 살래."

주치의가 건넨 권고 사항을 생각했다. 그리고 자궁 근종에 좋다고 하는 확실한 관리 방법을 모아 정리했다. 다행히 당뇨, 비만, 고혈압 같은 대중적인 질병을 예방하고 관리하는 방법과 비슷한 점이 많아 기억하기에 아주 어려운 편은 아니었다. 다만 여성호르몬이 과도하거나 불균형하게 작용하지 않도록 내외부적인 환경을 조성해야 한다는 근본적인 차이점이 있었다.

사실 나는 건강 불량배였다. 근종을 발견하기 전에 신선한 식재료를 먹거나 운동을 하는 등 여러 차례 건강한 생활 습관을 기르려던 전력은 있었지만 항상 오래가지 못했다. 이때는 건강한 생활 습관이 단기적인 목표였다. 건강하게 살기 위한 습관을 어떻게 만들고 유지하는지도 모르는 불량배가 하루아침에 모범생이 되려니 실패할 수밖에 없었다. 습관은 삶의 방향성이며 과정이지 목표가 될 수 없었다. 수없이 실패한 경험과 성격적 특성을 고려하니 당장 우선적으로 필요한 노력은 두 가지였다.

첫 번째는 사는 대로 생각하는 게 아닌, 생각하는 대로 사는 습관이었다.

개인의 선택은 작은 점이 되어 삶의 모습으로 연결된다. 이때까지 나의 작은 점들은 생각 없이 찍힌 것들이 많았다. 끼니를 거르거나 배가 고프면 배를 채우기 위해 급하게 인스턴트를 꺼내 집거나 배달 음식을 주문했다. 건강하지 못한 음식을 반복적으로 먹으니 살이 찌고 위궤양으로 병원 신세를 지는 날이 많았다. 편한 방법으로 만족감을 채우려 하니 단기적일 수밖에 없었다. 그러니 앞으론 배가 고프게 된 이유, 건강한 음식을 먹어야 하는 이유 등을 생각하고 음식을 먹어야 했다. 스트레스를 받아도 스트레스의 원인이 무엇인지 장기적으로 동일한 스트레스를 피할 수 있는 방법 등을 탐구하는 습관을 길러야 했다. 모든 일을 무의식적으로 해서는 안 됐다. 의식적으로 끊임없이 질문해야 했다.

두 번째는 가끔씩 방황하더라도 '그럴 수도 있지'라며 툭툭 일어나고, 포기하다가도 다시 시작하는 긴 걸음이었다.

앞서 말했듯 습관은 살아가는 방향이어야 했다. 언제든 정상적인 길보다 돌아가거나 막다른 길에 도달할 수도 있다. 하지만 그럴 때마다 '왜 나는 안 될까?'라는 생각을 시작으로 '에이, 어차피 실패할 거 그만하자' 하고 포기하곤 했었다. 앞으론 자괴감을 핑계로 노력을 중도 하차하고 싶지 않았다. 그러기 위해 일종의 맷집을 길러야 했다. '귀찮다' '피곤하다' '나중에 해야지' 등의 핑곗거리를 보기 좋게 쳐내고 때론 유혹에 굴복할 때가 있어도 아무렇지 않게 다시 노력을 시작할 면역력이 내면 깊숙하게 자리 잡아야 했다.

자궁의 적,
환경호르몬

'왜 자궁 근종이 생겼을까?'

아무렇게나 쌓아 올린 책더미 속에서 질문의 답을 찾고 싶었다. 전과 같이 원망 섞인 목소리가 아닌 순도 100%의 궁금증이었다. 의학계에서는 근종이 발생하거나 커지는 가장 큰 원인으로 여성호르몬의 불균형을 추측한다. 그 외에도 유전 같은 요인이 함께 언급되고 있었다. 거대 자궁 근종 때문에 자궁과 난소 하나를 떼어낸 나의 엄마를 생각하면 썩 놀라운 일도 아니었다.

어쨌든 호르몬의 불균형을 이야기하기 전에 성호르몬에 대해 간략하게 설명하면 이렇다.

일단 대표적인 여성호르몬인 '에스트로겐'은 크게 세 종류인 에스트라디올, 에스트론, 에스트리올로 나눠진다.

'에스트로겐'은 자궁 내막을 발달시키고 월경 주기를 조절하는 역할을 하며 여성의 가슴 발달 같은 신체 변화에 영향을 미친다. '프로게스테론'은 비임신 여성의 경우 난소에서 주로 생산되며 에스트로겐과 함께 임신이 가능하도록 자궁벽의 두께를 조정한다. 그래서 프로게스테론의 활동이 에스트로겐보다 우세할 때 자궁벽이 두꺼워져 수정란이 착상하기 좋은 상태가 되고 임신이 안 되면 자궁벽이 허물어지면서 생리가 시작된다. 그렇다고 여성이 여성호르몬만 분비하는 것은 아니다. 신장 위에 있는 내분비 기관인 부신과 난소에서 남성호르몬으로 알려진 안드로겐의 한 종류인 '테스토스테론'을 분비한다. 테스토스테론은 우리 몸의 근육과 골밀도를 발달시키기 때문에 꼭 필요한 호르몬 중 하나다.

만약 에스트로겐, 프로게스테론, 그 외 여성호르몬과 테스토스테론 등 일부 종류의 호르몬만 과도하게 활동하거나 활동하지 않는 경우 적게는 생리 불순, 생리통 등이 심해지고, 크게는 내막증, 선근증, 자궁암 등 호르몬 질환에 영향을 미칠 수 있다. 자궁근종도 마찬가지다.

자그마치 3,240여 명의 미국 중년 여성들을 13년 동안 추적한 연구 결과 호르몬 불균형이 근종의 성장, 발생에 관련되어 있다고 밝혀졌다. 자료에는 여성의 신체 내부에 남성호르몬으로 알려진 테스토스테론이 정상 수치보다 양이 많을수록 근종이 생길 확률이 약 33%가량 더 높게 나왔다. 그리고 에스트로겐의 한 종류인 에스트라디올이 테스토스테론과 함께 정상 수치 범위보다 양이 많을수록 자궁 근종이 발생할 확률이 약 52% 더 높았다.[3]

그렇다면 왜 갑자기 내 몸에 호르몬 불균형이 일어난 걸까?

어쩌면 원래 내 몸이 선천적으로 그렇게 태어났기 때문일지도 모른다. 하지만 나의 호르몬 분비가 태생적으로 불균형한 상태인지는 병원에서조차 확인하기 힘들다. 더군다나 병원에서 초음파 검사와 함께 시행한 난소 기능 검사에선 또래 여성보다 건강한 난소를 지니고 있다는 결과를 받았다.

그럼 외부적인 환경에서 눈, 코, 입, 피부 등을 통해 진짜 호르몬처럼 활동하는 가짜 호르몬이 몸속으로 들어왔을 가능성이 높았다. 이 가짜 호르몬들은 '환경호르몬'이라고도 불리며 내분비계 교란물질로 알려져 있다. 우리 몸은 체내로 유입된 환경호르몬을 진짜 호르몬으로 착각해 호르몬 작용을 하도록 둔다. 그래서 에스트로겐이 아닌데도 에스트로겐처럼 활동하고 진짜 에스트로겐 활동을 방해하기도 한다. 호르몬 불균형은 그렇게 일어난다.

인간이 편리하게 살고자 만든 대부분의 물건에 화학물질이 들어가고 그중 많은 성분이 환경호르몬으로 작용한다. 그럼에도 현재 전 세계에 10만여 종의 화학물질이 유통되고 있고 매년 2천여 종의 새로운 화학물질이 만들어져 상품화되고 있다. 안정성을 입증하기도 전에 새로운 물질이 나오는 실정이니 모든 화학물질의 유해성을 검증하기는 어려운 일임이 자명하다.

기업 입장에서도 저렴한 화학 성분으로 많은 상품을 만들 수 있고 이윤도 올라가니 화학 성분을 마다할 이유가 없다. 만약 일부 화학 성분이 환경호르몬으로 분류되어 사용이 금지된다 하더라도 화학 구조를 약간만 변경하면 다른 화학 성분으로 탄생하니 법적 제재를 피하기도 쉽다. 본질이 변하지는 않고 겉모습만 살짝 바뀐다. 괜찮겠거니, 믿어도 되겠거니 하며 물건을 사는 소비자들이 손해를 보는 구조였다. 세상은 알면 알수록 치사하고 불공평한 일들로 가득했다.

예를 들어 화장품에 사용되어 방부제 역할을 하는 파라벤은 유방암 발생에 영향을 미치는 환경호르몬이란 연구 결과가 이미 정설이다.[4] 그래서 국내에서도 파라벤, 페닐파라벤 등을 사용한 화장품 제조와 수입을 금지했지만 그와 한 끝 차이인 부틸파라벤, 프로필파라벤 등은 위험성이 충분히 입증되지 않았다는 이유로 선크림, 마스카라, 클렌저 등에 버젓이 사용되고 있다.

BPA(비스페놀 A) Free도 이런 방식을 이용한 눈속임에 가깝다. 영수증, 플라스틱 물병, 통조림 코팅제로 많이 쓰이는 비스페놀 A가 불임과 호르몬 장애를 유발하는 환경호르몬[5]으로 유명세를 떨치면서 유행처럼 BPA Free 마케팅이 인기를 끌었다. 비스페놀 A 노출을 염려하지 말라는 의미다. 하지만 비스페놀 A는 단지 비스페놀의 한 종류일 뿐이다. 이미 비스페놀을 대체한 비스페놀 B, 비스페놀 C 등은 안전성이 검증되지 않은 채 사용되고 있었다. 소비자로서 우리는 어떤 비스페놀이 대체용으로 사용되고 있는지, 완전히 비스페놀을 사용하지 않는지 알기 힘드니 답답한 노릇이다. 실제 중국인 자궁 근종 환자의 혈액 속에는 화장품, 플라스틱 용기 등에 사용되는 프탈레이트 일부 계열 성분이 일반 여성보다 최대 27배 많이 검출되기도 했다.[6]

당연히 세상을 살아가며 화학 성분을 완벽하게 피하며 살 수는 없다. 지리산에 들어가 자연인처럼 산다고 해도 오염된 지하수, 토양, 공기 때문에 유해 물질에 노출될 가능성이 높다. 하지만 근종 환자로서 일상의 편리함을 위해 건강을 위협하는 환경호르몬을 당연하게 받아들일 수는 없었다. 근종을 관리하기 위해서는 문제적 녀석으로 지목되는 환경호르몬 물질이 체내에 더 축적되거나 활동하게 해서는 안 되었다. 외부 환경을 조절하는 것이 내가 할 수 있는 거의 유일한 관리 방법이었다. 완벽하게 환경호르몬 노출을 피하지는 못하지만 줄일 수 있는 방법을 고민하며 찾아 나갔다.

젊음은
방어막이 될 수 없다

나는 20대 후반과 30대 초반 경계의 나이였다. 거울 속 얼굴에는 아직 주름이 지지 않았고 삐걱대는 관절의 통증조차 느껴본 적이 없다. 기름기가 많은 음식이나 짠 음식을 술과 함께 주기적으로 계속 먹어도 건강에 문제 될 일이 아직 없었다. 아직 장기가 튼튼해서 가능한 일이었다. 물론 자궁도 그랬다. 출혈의 양은 많았어도 주기적으로 생리를 했고 특별한 질병의 증세를 보인 적이 없었다. 환경호르몬이 몸에 좋지 않은 영향을 미친다는 것을 알았지만 젊으니까 괜찮을 거라고 생각했다. 그러니 성호르몬이 불균형하게 분비될 수 있으리라곤 상상도 하지 못했다. 그때 근종을 발견한 것이다. 여전히 젊음의 최고점에 있으면서 이 파릇한 시간들이 계속될 거란 착각을 하고 있던 거였다. 스스로에게 자

만하고 있었을 때 근종이 나를 향해 돌을 던졌다. 정체 없이 흘러
가던 젊음이 그 돌에 맞았다. 그리곤 천천히 근종을 쳐다봤다.

'너는 안 아플 줄 알았냐?'

안 아플 줄 알았다. 젊기 때문에 근종을 포함한 많은 질병이 비
껴갈 거라 착각했었다. 2017년 건강보험 심사평가원의 자료를 보
더라도 전체 자궁 근종 환자 중 2030세대의 비중은 약 22%에 불
과했고, 자궁 근종 환자의 약 73%가 4050세대였다. 하지만 자궁
근종을 가진 2030세대 환자 수가 매년 늘어나고 있었다. 아차 싶
었다. 젊음은 질병의 방어막이 될 수 없다는 사실을 통계가 보여
주고 있었다. 그러니 어떤 질병이든 언제든지 찾아올 수 있는 것
이었다.

'정신 차려. 더 아프고 싶어?'

매일을 죽음과 마주하며 질병과 싸우는 많은 환자들은 일 분,
일 초를 허투루 쓰지 못한다. 지금 나의 상황은 비교 대상도 될
수 없지만 언제든 지금보다 아플 수 있다는 가능성이 보였다. 지
금도 매일 마주하는 컴퓨터 때문에 눈이 침침해지고 있음을 절감
하고 구부정한 자세 때문에 허리가 자주 뻐근했다. 그러니 언제

백내장, 관절염, 위장병 등이 생겨도 이상하지 않을 것이다. 심각하게는 자궁암이나 알츠하이머 같은 중증 질환이 생기지 않으리란 보장도 없었다. 결국 병의 종류는 알 수 없지만 계속해서 늙어가고 아파가겠지.

지나간 과거에는 무언가를 진정으로 사유할 여유가 없었다. 마음이 원치 않아도 타인의 기준에 맞춰 살려고만 했고 왜 그래야 하는지 물음도 없었다. 사람을 소모품처럼 사용하는 사회에서 이유가 어찌 되었든 살아남아야 했다. 그러니 무언가의 본질을 관찰하는 과정은 불필요했다. 때문에 사회가 나를 대한 것처럼 나 역시 나의 몸을 소모품처럼 여겼다. 일회용 커피 용기가 하루에도 서너 개씩 책상에 쌓였다. 일주일 중 5일 동안은 넘쳐흐르는 스트레스를 감당 못하고 소주와 맥주를 섞은 폭탄주를 연거푸 몸에 쏟아부었다. 뽑힌 머리카락은 잔디처럼 방바닥에 뻗쳐 있었다. 웃는 날이 눈에 띄게 줄어들었다. 이때의 나는 내일도 어제와 동일할 거란 착각을 하곤 했다. 젊음의 소중함을 느끼기보다는 지겹게 반복되는 이 하루가 어서 끝나길 기대했다. 영혼이 조금씩 갉아 먹히고 몸도 병이 났다. 코미디언이자 방송작가인 유병재의 말이 맞았다. 아프면 환자지, 뭐가 청춘이야!

역설적이게도 나는 정말 환자가 되었다. 죽을병은 아니었지만 과거의 사고방식과 생활 습관 때문에 자궁에 주먹만 한 혹이 생

겼나 싶었다. 그러니 근종을 발견한 건 감사한 일이었다. 근종은 나로 하여금 과거를 성찰하게 했고 사고방식과 생활 습관, 식습관 등을 변화하도록 이끌었기 때문이다.

그렇다면 그 이후엔 어떻게 살 것인가. 근종과 관계없이 앞으로 살아가면서 마주할 많은 것들을 대하는 태도에 관한 고민이었다. 덕분에 영원할 것만 같던 일상적인 존재들, 사람, 젊음과 건강, 생명, 시간 등의 의미가 다시금 다가왔다. 모든 일이 가진 저마다의 유한한 가치가 보였다. 매일 반복되는 듯 보이나 사소하게 다른 하루, 조금씩 줄어가는 나의 젊음, 가을이면 떨어지는 잎사귀와 봄이면 피어오르는 꽃망울이, 늘어가는 엄마의 주름이 천천히 나의 마음에 스며들었다.

그래, 순간순간을 후회 없이 살기 위해서는 소중한 것들을 지키며 살아야 해! 느낌표가 머릿속에 찍혔다. 타인의 눈치만 살피다 정작 내가 하고 싶은 것, 좋아하는 것들을 잊어버렸었다. 언제 아플지, 언제 죽을지 모르는 인생에서 소중한 것들을 음미할 기회마저 놓친다면 본연의 나마저 잃어버릴지도 모른다. 무언가를 증오하며 괴로워한 시간은 지금까지도 충분했다. 좋은 것만 보기에도 인생은 너무나 짧다. 내 인생의 가장 젊은 날들이 사라져간다. 근종은 삶의 소중함을 느끼라고 그렇게 나에게 왔나 보다.

나의 롤모델은
동네 할머니

 근종을 발견하고 가장 많이 변한 가치관이라면 아름다움에 대한 인식이었다. 솔직한 자기 고백을 해보자면 내가 가지고 있었던 미의 기준은 타인이었다. 아름다움을 정의할 만한 스스로의 기준을 정립하기보단 남들의 눈에 내가 좋게 비치기를 바라며 겉모습을 꾸몄었다.

 성형은 하지 않았지만 울긋불긋한 피부와 생리 때가 되면 자주 올라오는 뾰루지를 가리기 위해 찍고 바르며 하루에도 20~30분씩 화장을 했다. 계절이 지나면 유행이 지난 옷들은 모두 의류 재활용 수거함으로 버리고 새로운 유행의 물결을 쇼핑했다. 젊음을 과시하기 위해 밥을 굶어서라도 살을 빼고 짧은 옷을 입었다.

 누군가가 안 좋게 쳐다보지 않을까, 촌스럽다고 보진 않을까 걱정스러웠다. 때론 옷과 화장, 머리가 마음에 들지 않아 약속을 미루고 집으로 돌아가 다시 꾸미고 나올 때도 있었다. 수 시간을 투자해 꾸민 만족스러운 겉모습이 외출을 허락하는 셈이었다. 누군가로부터 예쁘다는 소리를 들으면 내가 더 가치 있는 여자가 된 것 같아 행복했다. 결국 타인의 좋은 평가를 받기 위해 인위적으로 꾸미는 과정을 매일 반복했다. 스스로의 만족감을 채우기 위해서 꾸민다고도 생각했으나 그 만족감은 타인의 평가에서 기원한 일종의 자기 합리화였다.

많은 사람들은 탱탱한 피부, 날렵한 턱선, 늘씬한 몸매 등 외적인 기준으로 아름다움을 평가한다. 그러니 한 건물 건너 한 건물마다 성형외과가 들어섰고, 필러, 쌍꺼풀 수술, 지방 흡입 등 성형 시술이나 수술을 받으러 돈을 모은다. 꾸미지 않는 여성은 자기 관리를 못하는 사람으로 비하하는 게 요즘 세상이다. 텔레비전을 틀어 유명 예능을 봐도 출연자들을 잘생겼다느니 못생겼다느니 하며 외모를 평가하고 웃음을 유도한다.

물론 젊음은 아름답다. 더군다나 유한하기 때문에 더 가치 있어 보인다. 신체 기능이 좋아 힘이 세고 생물학적 번식을 가장 안정적으로 많이 할 수 있는 상태다. 원시시대라면 생존을 위해 필요한 가장 큰 권력을 지닌 시기다. 그러니 사람들은 피부 관리를 하고 영양제를 먹으며 의식적이든 무의식적이든 젊음을 놓치고 싶지 않은 것이다.

하지만 노화를 인정하니 젊음이 최고의 가치라고 여기는 마음과 타인의 기준으로 겉모습을 꾸미는 과정에 회의감이 생겼다. 어차피 젊음은 20년 내로 끝이 날 테다. 그렇다면 얼굴에 주름이 생기고 허리가 굽으면 더 이상 아름답지 않은 것인가. 사회의 기준대로 고운 피부와 늘씬한 몸매가 없다면 가치 없는 사람인가. 이에 집착하다 음미할 수 있는 많은 것들을 흘려보내지는 않을까. 분명 외부에서 기원하는 젊음은 가장 높은 단계의 아름다움이 아니다. 타인의 기준을 내려놓는 법을 지금부터라도 연습해야 했다.

이런 생각을 하고 있을 때쯤 같은 동네에 사는 70대 중반가량의 할머니와 자주 마주쳤다. 탱탱한 피부, 날렵한 몸매로 대표되는 미의 기준과는 거리가 멀었지만 이상하리만큼 눈길이 갔다. 할머니는 염색을 하지 않은 하얀 긴 머리를 곱게 쓸어 올린 단정한 헤어스타일을 고수했다. 화장은 딱히 하지 않았지만 하얀 양산을 한 손에 쥐고 곱게 다린 세련된 투피스를 자주 입었다. 나의 시선을 사로잡은 가장 큰 특이사항은 항상 웃음을 머금은 표정과 목과 허리로 연결되어 어깨로 퍼지는 꼿꼿한 자세였다.

그것들은 할머니의 일상생활을 상상하게 했다. 젊은이처럼 탄력적이지는 않았지만 충분히 날렵한 몸에서 평소 건강한 음식을 드시고 운동을 꾸준히 하실 것 같았다. 미소가 머무른 주름에서 매일 발견하는 행복이 보였다. 경비 아저씨와 대화하는 말투에는 사람을 대하는 할머니의 따뜻한 마음이 느껴졌다. 아, 다른 차원의 아름다움이었다.

"오빠, 저 할머니 정말 멋지지 않아?"

우연히 남편과 같이 그 할머니를 뵌 적이 있을 때 남편에게 넌지시 물어봤다.

"응. 너도 저 할머니 봤구나. 항상 볼 때마다 참 아름다우신 것 같아."

이미 남편도 그 할머니의 아름다움을 알고 있었다. 나만의 롤모델을 빼앗긴 기분이라 묘한 질투심이 일었지만 그만큼 많은 이들이 인정하는 아름다움의 한 종류임을 반증했다.

나에겐 없던, 아름다움에 관한 첫 번째 기준이 생겼다. 자기 확신에서 기원하는 우아한 행동이었다. 사회가 원하는 탱탱한 피부, 황금비율 얼굴, V라인, S라인은 돈을 주고도 가꿀 수 있는 요소들이 많다. 메이크 오버 쇼처럼 짧게는 수십 분 만에 다른 사람이 될 수 있다. 하지만 있는 그대로의 내 모습을 긍정하고 더 나은 사람이 되기 위해 노력하기는 어렵다.

할머니의 아름다움이 그랬다. 하루아침에 가꿀 수 없는 많은 것들이었다. 나는 할머니에게서 아름다운 여성은 주름이 져도 환하게 웃을 수 있는 여유, 올바른 자세를 유지하려는 노력, 주어진 것들을 감사히 여기는 마음으로 만들어진다는 교훈을 얻었다. 내면을 튼튼하고 견고하게 만드는 올곧은 것들은 습관이 되어 행동으로 드러나고 개인의 인격을 조각한다. 비록 나이가 들고 노화가 진행되어 젊음이 사라진다 하더라도 이런 가치들은 변하지 않으니 더욱 소중했다.

닮고 싶었다. 화장을 하고 화려한 옷을 꺼내 입어 겉만 포장하는 가치는 더 이상 매력적이지 않았다. 차라리 꾸미는 시간을 모아 아름답게 나이 드는 법을 연습하는 편이 나았다.

그렇게 생각하자 30년 뒤 내 모습이 어떤 모습일까 기대가 되고 가슴이 두근거렸다. 죽기 전에 꼭 하고 싶은 것들을 적어놓은 버킷 리스트처럼 마음 한구석에 어떻게 늙어가고 싶은지를 써 내려갔다.

화장 없는
일상

　체내에 축적되는 환경호르몬과 유해 물질의 총량을 일컬어 바디 버든body burden이라 한다. 몇 해 전 SBS에서는 바디 버든이 자궁 근종, 내막증, 선근증, 생리통 등 호르몬 질환에 미치는 영향을 실험한 다큐멘터리를 방영했다. 총 41명을 대상으로 산부인과 전문의, 환경 공학자 등이 나와 바디 버든을 줄이기 위한 생활 습관을 권고했다. 구체적으로는 유기농 채소를 많이 먹고 고기 섭취를 줄이며 면 생리대를 사용하는 등 환경호르몬을 피하기 위한 생활 수칙 변화였다.

　그중 특히나 합성 화학물질이 함유되어 있는 화장품 사용을 금지하는 내용은 흥미로웠다. 다큐멘터리 참가자들은 스킨, 로션을 천연 제품으로 교체했고 자외선 차단제는 사용을 자제했다. 메이크업 화장품은 사용할 수 없었다. 어차피 타인의 기준에 걸맞은 가상의 모습을 꾸미는 과정에 회의감을 느끼던 차에 옳다구나 싶었다. 변화된 미의 기준을 내 생활에 직접 반영하고 환경호르몬 노출을 줄일 좋은 기회였다.

일단 화장을 하지 않는 일상, 외출에 적응하는 단계가 필요했다. 파운데이션을 바르지 않은 채 울긋불긋한 피부로 먼저 업무 미팅에 나가 보기로 했다. 호기롭게 눈썹을 그리고 입술 화장만 한 상태로 출근길에 올랐다. 하, 회사로 향하는 버스에 오르자 일종의 금단 증상이 뒤늦게 찾아왔다. 적어도 일주일에 5일 이상은 화장을 하고 살았는데 하루아침에 화장을 하지 않으니 가슴이 떨려왔다. 마치 모두가 내 눈가에 있는 주근깨만 쳐다보는 것 같아 고개를 절로 푹 숙여졌다. 출근길부터 사람들의 시선을 살피기 바빴다. 조여오는 압박감을 도대체 어떻게 조절했는지 기억나지 않을 정도였다.

어랏, 회사 사무실에 들어가 인사를 하다 보니 노 메이크업 상태를 알아보는 사람은 생각보다 소수였다. 정확히 하면 메이크업을 했는지, 안 했는지 관심조차 없어 보였다. 직원들의 얼굴을 마주하며 "안녕하세요" 하고 인사하면 놀라는 반응도 없이 "안녕하세요"라는 답변만 돌아왔다. 화장하지 않은 얼굴을 알아보는 일부 직원들도 있었다. 그들은 "어? 오늘 화장 안 했네요?" "늦잠 잤

어요?"라는 물음을 던졌다. 하지만 답변을 시작도 하기 전에 모두 각자의 자리로 돌아가거나 다른 이야기를 시작했다. 답변이 필요 없는 물음이었으니 대답할 필요가 없었던 걸까. 예상보다 느슨한 다른 사람들의 반응에 팽팽했던 긴장감이 느슨해졌다. 휴, 괜히 긴장했었다. 정말 별거 아닌 일이었다.

이후에도 화장을 하지 않고 출근하는 날이 점차 많아졌다. 하루가 이틀이 되고 일주일이 되면서 화장하지 않는 일상에 익숙해져 갔다. 원래 도둑질도 처음이 힘들다 했다. 섀도, 블러셔 같은 색조 화장품부터 서랍 깊숙한 곳으로 들어가기 시작하더니 매일 아침 손에 쥐었던 메이크업 베이스, 파운데이션도 그 신세를 면치 못했다.

주위에는 끈질기게 화장을 하라고 하는 사람들이 있긴 했지만 이미 봉인되다시피 들어간 화장품을 다시 꺼내고 싶진 않았다. 나름 맷집도 생겨 그런 극성 참견인들을 대처하는 법도 알아갔다. 비법은 그냥 씩 웃고 넘기기. 그러면 그만인 일이었다. 사람들의 관심은 생각보다 질기지 않았다. 나에게 화장을 강요하던 사람들도 하나둘 사라져갔다. 관심으로 둔갑된 간섭과 무관심이 도처에 있는 환경에서 일을 한다는 게 이럴 때는 특혜일지도 모르겠다는 생각이 스쳤다.

꾸미는 과정, 결과 자체는 긍정한다. 단지 화장을 하고 예쁜 옷을 입고 싶은 마음이 스스로에게서 기원할 때 이런 일련의 행동을 하는 의미가 생긴다. 타인에게 칭찬을 듣거나 우위에 서기 위해서가 아니라 순전히 내가 원할 때 꾸미는 것이다. 그래서 나는 결혼기념일같이 특별한 날에 서랍에 넣어두었던 화장품을 꺼내 제대로 된 화장을 했다.

덕분에 외출 준비 시간이 눈에 띄게 짧아졌다. 이전에는 화장하고 머리를 손질하느라 1시간 동안 외출 준비를 했었다. 하지만 이제 자외선을 막아줄 선크림과 립스틱만 바르고 아이브로우를 그린다. 단 10분이면 완벽한 외출 준비가 가능했다. 외출 후에도 화장이 뜨거나 번지지 않았는지 신경 쓸 일이 없어서 몸도 마음도 편했다.

자그마치 최소 30분 이상의 여유 시간이 평소에 생겼다. 급한 일이 있을 때는 5분도 금쪽같아서 허둥대기 일쑤였으니 보너스처럼 생긴 30분이 큰 시간은 아니지만 일상에 여유를 불어넣었다. 이 덕분에 하루가 소소한 즐거움으로 채워졌다.

창밖 풍경을 보거나 차를 마셔도 시간이 충분했고 책을 읽거나 영화와 다큐멘터리를 틈틈이 보기도 했다. 혹은 가족이나 지인과 더 많은 이야기를 나누고 잠이 필요한 날은 잠을 더 자기도 했다. 고민이나 생각이 필요한 때에도 시간에 쫓겨 급한 결정을 하지 않

앉다. 일상에 여유가 생기자 여러 가지 가능성과 세부 사항을 충분히 생각한 후 행동할 수 있었다. 틈새 시간은 일상을 변화시킬 뿐 아니라 내면을 더 건강하게 만들었다.

몸도 마음도 건강해지는
화장품 다이어트

화장을 안 하기 시작했어도 여전히 어떤 화장품을 쓰느냐, 마느냐 하는 선택의 기로에 놓여 있었다. 메이크업 제품 말고도 기초 화장품, 바디 용품 등 여전히 다양한 화장품이 집의 공간을 차지했다. 어느 선까지 화장품 다이어트를 하는 게 호르몬 균형에 영향을 미치지 않을지, 어느 제품을 사용하는 게 도움이 될지 고민스러웠다.

화장품 속에 들어 있는 모든 화학물질이 근종 같은 호르몬 질환의 직접적인 원인이라는 연구는 찾을 수 없었다. 하지만 파라벤처럼 환경호르몬 작용을 한다는 유해성이 입증되어 사용이 금지된 성분도 있고, 미국에서는 일반 여성보다 자궁 근종 환자의 혈액 속에서 향수, 립스틱 등에 함유되어 있는 벤조페논 계열이 많게는 85%나 더 검출되었다는 연구 자료도 있었다.[7] 『대한민국 좋은 화장품, 나쁜 화장품』의 저자 이은주 작가도 화장품 속 화학 물질을 암보다 무서운 내분비계 장애물질로 소개했다.

모든 화학물질이 문제는 아니었지만 많은 화학물질이 문제였고 아직 밝혀지지 않은 위험성이 도처에 존재했다. 그야말로 지뢰밭이었다. 그렇다면 언제 터질지 모르는 평탄한 지뢰밭 길을 걷기보다는 울퉁불퉁해도 지뢰가 덜 있는 길을 걷는 편이 나았다.

기존에 있던 안티 에이징이나 광채 크림 같은 기초 화장품, 버블 클렌저 등 화장품을 하나씩 정리했다. 사용하고자 하는 제품의 전 성분을 확인하고 사용 여부를 스스로 판단한 아름다운 이별이었다. 뒤끝도 없었고 미련도 없었다. 대신 화학 성분이 적게 들어 있는 제품들을 검색했다.

피부에 닿는 모든 화장품을 직접 만든다면 환경호르몬에 노출될 가능성이 가장 낮겠지만 주업인 마케팅 업무를 하고 일주일에 이틀은 채식 카페와 베이커리에서 커피를 만들며 집안일까지 하는데, 화장품까지 만들기는 버거웠다. 그런 현실적 한계에 낙담하기보다는 차라리 시중에 나와 있는 좋은 상품을 구입하는 편이 나았다. 그러면 친환경 화장품 시장이 커지는 데 도움이 되니 좋은 제품이 계속해서 나올 가능성도 높아진다. 무엇보다 화장품 다이어트의 본질은 합성물질로부터 가능한 만큼 자유롭게 살고

자 하는 노력임을 잊지 말아야 했다.

이제 2개의 기초 화장품과 선블록, 립스틱, 아이브로우만 주로 사용한다. 한국 여성들이 5개의 기초 화장품을 사용하고 3.2개의 베이스 제품, 3.6개의 색조 메이크업을 사용한다는 설문조사의 결과에 비하면 초라할 만큼 적다.

하지만 놀랍게도 화학 성분이 거의 없는 2개의 기초 화장품을 사용하니 피부가 변하기 시작했다. 이전에는 화이트 헤드, 좁쌀 여드름을 없애기 위해 각질 제거 화장품이나 수분 크림을 주기적으로 사용했다. 생리를 할 때면 항상 입가 주변에 보기 싫은 여드름이 올라왔다. 그것도 항상 같은 자리에만 기분 나쁘게 생기곤 했었다. 그 흔적을 가리기 위해 여드름 패치를 붙이거나 화장으로 덮는 게 일상이었다. 피지를 짜낼 때는 어찌나 아프던지. 겨울이면 눈 아래로 홍조가 올라와 화장으로도 쉽사리 가려지지 않았다. 오죽하면 남편이 홍익인간이냐고 놀렸을까.

그런데 일상적이었던 피부 트러블이 하나씩 줄어들더니 이젠 거의 나지 않는다. 글리세린 외 5개의 성분만 함유되어 있는 스킨과 시어 버터 같은 기본적인 보습 기능 성분만 함유된 크림만 사용했을 뿐이었다. 생리 기간에도 수개월 중 한 번 정도 여드름이 올라오니 여드름 패치를 자주 붙일 일도 없었다. 홍조 역시 서서히 줄어들었다. 물론 연예인의 뽀송뽀송한 피부처럼 획기적인 변화는 없었지만 평소 가지고 있는 피부 문제점들이 줄어드니 오히려 혈색이 좋아졌다. 여드름 없는 한 달을 꿈꿨던 지성 피부의 반란이었다. 마음속에 폭죽이 떠졌다. 이 정도면 피부 측면에서도 화장품 다이어트가 대성공이었다!

더 적극적으로 화장품 다이어트에 임하기 시작했다. 화장실에 있는 바디 워시와 바디 스크럽, 폼 클렌징, 클렌징 오일, 바디 오일, 바디 크림 등을 치우고 유기농 천연 성분과 천연 계면 활성제 성분을 함유한 물비누를 비치해두었다. 화학 성분이 다량 함유된 제품처럼 거품이 많이 나거나 좋은 향기가 나지는 않지만 노폐물을 씻어내기에는 충분했다. 잠시의 부드러움을 위해 온몸에 있는 모공으로 화학 성분을 들여놓고 싶은 마음은 없었다.

바디 용품에서마저 화장품 다이어트는 놀라울 만큼 효과적이었다. 합성 계면 활성제가 다량 함유되어 있는 바디 워시를 사용하면 몸이 근지러워 바디 크림이나 오일을 바르곤 했는데 천연 계면 활성제가 함유되어 있는 물비누를 사용하니 간지럽거나 건조한 느낌이 들지 않았다. 다리 표면에 허옇게 일어났던 각질도 사라졌다. 머리카락은 시중에 나와 있는 샴푸 대신 물비누로 감고 구연산 물로 헹궜다. 비록 머리카락이 뻣뻣하게 변하긴 했지만 두피가 간지럽거나 기름지지 않았다. 모발도 더 건강해졌다.

단순히 화장품 다이어트의 장점을 개인의 경험을 바탕으로 추론한 건 아니다. 실제로 국내 한 메이저 신문사는 실험을 통해 몸 속 환경호르몬을 절반으로 줄이는 생활 습관을 소개했는데, 그 중 체내에 가장 효과적인 실천 방법 중 하나가 화장품 다이어트 였다.[8] 실험 참가자 495명을 대상으로 스킨, 로션을 포함해 샴푸, 린스, 바디 워시 등의 화장품을 환경호르몬이 없는 제품으로 교체하거나 사용 빈도를 줄이도록 했다. 이 외 손을 자주 씻고, 외식을 자제하는 등 다른 생활 습관도 병행하는 것이 효과적이었다. 그 결과, 환경호르몬의 종류인 환경성 페놀류가 64% 감소한 놀라운 결과를 보였다. 근종 환자의 혈액 속에 다량 발견된 프탈레이트 계열은 26%가량이 감소했다.

피부만 좋아진 건 아닐까 걱정할 필요가 없었다. 체내 환경호르몬이 화장품 다이어트를 하며 빠져나가고 있음을 보지 않아도 믿을 수 있었다.

화장품 다이어트를 하면 할수록 가리고 싶었던 나의 표정, 머리 색, 피부가 마음에 들었다. 이상한 소리 같지만 쌍꺼풀이 없는 눈, 높지 않은 코, 조금은 넓은 광대 등이 완벽한 미의 기준에 부합하지 않기에 예뻐 보였다. 틈만 나면 바다로 서핑을 가서 콧잔등과 눈가엔 주근깨가 송송 박혀 있지만 까무잡잡한 피부가 건강해 보였고 넓은 모공은 신경 쓸 바가 아니었다. 1년에 두세 번 받던 파마도 더 이상 받지 않았기에 찰랑이는 머리카락을 볼 수 없었지만 모질이 두껍고 윤기가 돌 만큼 건강해졌다.

왜 타인의 시선과 평가에 매달려 살았을까. 그 마음에 이끌려 살았으니 화장품과 파마를 하는 데 돈은 돈대로 썼고 피부 트러블은 끊이질 않았으며 자존감은 낮아져 갔다. 무엇보다 세상의 기준에는 부족할지 몰라도 개성 있는 내 얼굴을 잊고 살았다. 이제 보니 꽤나 괜찮은 얼굴인데 말이다. 환경호르몬 노출을 줄이기 위해 시작한 화장품 다이어트였는데, 오히려 마음의 위로를 받았다.

'세상에서 제일 멋진 Girl이야. 누구나 알면 놀랄 일이야.'

가수 이효리의 노래 〈미스코리아〉 가사는 더 이상 세기의 유명인이나 미녀의 이야기가 아니었다. 스스로의 행동과 얼굴 변화를 관찰하고 기록하는 시간이 많아지면서 세련되진 않아도 평온하게 변해가는 모습이 만족스러웠다. 이젠 오히려 "너는 그런 자연스러움이 어울리더라" 하고 말하는 사람들이 많아졌다. 누군가에게 좋은 평가를 받기 위해 노력했던 마음을 내려놓으니 오히려 개성을 인정받았다. 사실 이젠 누가 어떤 말을 하든 상관이 없다. 못생겼다 해도 뭐 어떤가! 스스로가 충분히 좋으니 말이다.

3. 일상을 반성하는 노력

근종과 함께한 여행은 세상을 보는 눈을 변화시켰다.
사고방식, 소비 습관, 생활 습관, 식습관 등 다방면에서 일상적이었던
보통의 것들을 반성하고 탐색하게 했다.

음식의 힘

근종을 발견하기 전부터 맛있는 음식 먹는 걸 좋아했다. 힘든 일상을 버틴 스스로에게 내리는 거의 유일한 상이었으며 스스로의 행복을 위해 건네는 선물로서 가장 좋아하는 일은 맛있는 음식과 술을 먹는 것이었다. 누군가가 살기 위해 먹을 것인가, 먹기 위해 살 것인가 택하라고 묻는다면 1초의 망설임 없이 후자를 택할 정도다.

특히나 맛있는 음식과 어울리는 술은 좋은 시간의 추억을 상기시키기에 더없이 좋았다. 좋은 사람과 함께하는 식사 자리와 여행지에서 먹은 음식은 그곳의 분위기, 온도, 시간, 냄새, 느꼈던 감각 등을 온전히 기억나게 한다.

예컨대 7년 전 여름, 대학시절 친구와 훌쩍 떠난 통영 여행은 개당 천 원짜리 사과를 샀던 추억으로 대표할 수 있었다. 꿀빵으로 유명한 도시에서 무슨 흔해빠진 사과냐고 할지 몰라도 당시 친구와 나는 더위를 피할 수분이 필요했다. 그래서 할머니가 끄는 리어카를 발견하고는 즉흥적으로 풋사과를 하나씩 쥐어 물었다. 아삭한 사과를 베어 물 때 나오는 시원한 단물이 시원하게 입속을 적셨다. 우리는 고작 사과 하나 때문에 활기에 가득 찼고 세병관 유적지를 가는 오르막길을 신나게 걸었다. 덕분에 통영 전경이 내려다보이는 세병관의 푸른 모습이 풋사과 한 개와 좋은 기억으로 남아 있었다.

추억은 음식으로 남았다. 얼마나 효율적이며 효과적인 기억법인가. 보통의 일상마저 힘들었던 20대 시절을 회상했을 때 문득 좋은 기억을 꺼낼 수 있었던 까닭이었다.

그러니 사랑스런 식사 시간이 까다로워져야 함은 청천벽력 같은 소식이었다. 원론적인 사실에 의거하면 하루에도 2~3번씩 반복적으로 밥을 먹어야 하니 식습관은 근종이 생기거나 성장하는 데 지대한 영향을 미쳤다. 매일 먹는 음식의 성분들은 체내에 조금씩 축적되면서 체내 지방을 증가시키거나 환경호르몬 작용을 야기할 수 있었다. 혹은 조리 방법이나 용기에 의해 체내로 유입된 환경호르몬이 성호르몬 균형을 흐트러 근종에 악영향을 미칠 가능성도 고려해야 했다. 한마디로 음식을 가려 먹어야 하는 것은 물론 음식을 담는 그릇마저 조심해야 했다.

일단 흥분한 마음을 가라앉히고 차분하게 실생활에서 이러한 원론을 적용한 식사 시간을 상상했다. 다행히 푹 익힌 토마토를 으깨 넣은 토마토 바질 파스타, 당근과 감자가 듬뿍 들어간 카레 등 여전히 맛있게 먹을 수 있는 다양한 음식들이 마구 떠올랐다. 즐거운 음식 여행이라 생각하면 그나마 마음의 위안이 되었다. 화장도 안 하고 다니는데 식습관 조정이 뭐 어렵겠는가.

동시에 지난 몇 년간 선호했던 조리 방법과 음식 종류를 관찰해보았다. 아무리 다양한 음식을 좋아한다 하더라도 고기를 튀기고 소스를 듬뿍 바른 피자, 햄버거, 크림이 잔뜩 들어간 부드러운 빵 등으로 식사를 해결했던 시간들이 많았다.

일주일에 한두 번은 삼겹살을 구워 먹었고 7일 동안 빠짐없이 술을 마시기도 했다. 음식 성분보다는 좋아하는 맛 위주로 음식을 선택했다. 달고 짜고 느끼한 음식들은 굉장한 풍미를 자랑하며 나를 유혹했다. 그 때문일까, 식도 역류증과 위궤양을 치료하기 위해 내과를 들락거렸으며 근종마저 생겨버렸다. 분명 깨끗한 몸은 아니었다.

일전에는 식재료에 함유되어 있는 음식 성분들이 몸에서 작용하는 위력을 간과했다. 그 성분들의 화학적 반응을 우습게 평가했다. 하지만 하다못해 커피에 함유되어 있는 카페인만 연상해

오늘은 어떤 요리를 할까?

도 엄청난 위력이 있다. 커피 한 잔에 담겨 있는 약 150mg의 카페인이 그런 예였다. 1g도 안 되는 그 미미한 양에 심장이 떨려오고 집중력이 향상되었다. 그 한 잔 때문에 때론 쉽게 잠에 들 수도 없었다.

두유를 오랜 기간 주기적으로 먹은 남성의 유방이 여성만큼 커졌다는 뉴스도 흘러가는 강물처럼 쉽게 보낼 수 없었다. 두유의 원료인 대두 속에 들어 있는 환경호르몬, 식물성 에스트로겐에 관한 정보 때문이었다. 뉴스 속 남성은 자연적인 물질에서 나오는 환경호르몬이 체내에서 여성호르몬처럼 작용하는 탓에 여유증이 생겼던 것이었다.

환경호르몬으로 불리는 내분비계 장애물질은 인공적으로 만들어진 환경오염물질만을 포함하지 않는다. 우리는 과일, 곡식, 허브 등 자연적인 물질을 먹거나 바르면서 환경호르몬에 노출될 수도 있다. 그러니 매일 먹는 음식들의 성분들의 작용이 외부적으로 노출이 되지 않을 뿐 체내에선 소소한 핵미사일처럼 연속적으로 반응할 수도 있다는 추론이 가능했다.

고대 그리스 시대의 의사인 히포크라테스는 '음식은 곧 약이고 약이 곧 음식이어야 한다'고 말했다. 다량 섭취하면 근종에 안 좋은 영향을 미칠 수 있는 음식의 특징을 정리하며 그 어구가 진리라는 데 동의할 수밖에 없었다.

나는 식습관 개선 방향의 중점을 체내 환경호르몬 축적을 최소화하는 데 두었다.

우선적으로 식재료에서 환경호르몬을 피하기 위해서는 먹이사슬 구조에서 상층 포식자로 대표되는 붉은 육고기와 일부 생선들 섭취에 유의해야 했다. 먹이사슬은 박테리아가 물고기에게 먹히고 물고기가 더 큰 물고기에게 먹히는 것처럼 생태계 내의 피식자와 포식자 관계를 나타낸 것이다. 환경호르몬은 먹이사슬 구조하에서 동물의 지방에 주로 축적되는 특성이 있는데, 하층 포식자일수록 환경호르몬 축적이 낮고 상층 포식자일수록 환경호르몬의 축적이 높아진다. 보건복지부에서도 먹이사슬의 상층부를 차지하는 동물성 식품을 피하면 환경호르몬 노출이 적어진다고 발표한 바 있다.

불임, 발암 등 생명에 직접적인 악영향을 줄 만큼 강력한 독성 살충제인 DDT도 축적 유해 물질의 일종이다. 플랑크톤에 1만큼의 DDT가 있다면 그 플랑크톤을 여러 개, 꾸준히 먹는 작은 물고기에는 약 12배만큼의 DDT가 축적된다. 작은 물고기를 먹는 큰 물고기에는 플랑크톤과 작은 물고기의 DDT가 축적되고 플랑크톤에 비해 약 50배의 DDT가 축적된다. 생물학자였던 레이첼 카슨은 저서 『침묵의 봄』에서 DDT가 생태계 먹이사슬을 통해 인간에게 엄청난 해를 끼치고 있다고 말했다. DDT의 예시만 보더라도 먹이사슬의 상층부로 갈수록 축적되는 유해 물질의 양이 높아진다는 것을 알 수 있었다.

먹이사슬 구조 아래에서 식재료를 통해 환경호르몬을 얻을 수도 있었지만 식재료가 포장되거나 음식으로 제조되는 과정에서도 환경호르몬이 유입될 수 있었다. 많은 중국집에서 사용하는 갓 튀겨낸 따끈한 탕수육과 짜장면을 두세 겹씩 감싸는 폴리염화비닐PVC 랩 같은 것이 그것이다. 잘 붙고 싸다는 이유로 마트는 물론 간편식 포장에도 사용되고 있지만 PVC 랩에는 플라스틱의 딱딱한 질감을 부드럽게 만들기 위해 프탈레이트가 다량 사용되었다. 높은 온도에서 쉽게 방출된다는 프탈레이트는 체내에서 환경호르몬처럼 작용하며 특히 자궁 근종 환자에게서 많이 검출되었기에 특별히 유의해야 했다.

편리하다는 이유로 찾았던 외식도 환경호르몬을 줄이기 위해서는 자제해야만 했다. 2018년도 미국의 연구 결과에서 외식이 체내 환경호르몬 축적의 원인 중 하나임이 밝혀졌다. 2005년부터 2014년까지 1만 253명을 대상으로 데이터를 분석한 결과, 레스토랑과 카페, 패스트푸드 점에서 외식을 한 사람이 집에서 식사를 하는 사람보다 환경호르몬으로 작용할 수 있는 프탈레이트 수치가 약 35%가량 높은 것으로 나타났다.[1] 햄버거와 감자튀김이 먹고 싶다면 편리한 패스트푸드를 찾는 대신 집에서 건강하게 만들어 먹어야 한다는 계산이 나왔다.

자세하게 들여다보니 매일같이 방문하는 마트, 집, 일터 등 발길 닿는 곳곳에 환경호르몬 물질이 포진되어 있었다. 눈에 보이지 않는 이 작은 것들이 얼마나 무시무시한가. 눈에 보이지 않는다고 세상에 존재하지 않는 것은 아니었다.

집에 있던 플라스틱 용기를 거의 다 내다 버리고 유리 용기로 교체했다. 그리곤 그 용기에 고기와 가공식품 말고 어떤 식재료를 담을까를 진지하게 고민하기 시작했다.

250L 냉장고가
가져온 변화

  결혼하기 전 7년이 넘게 자취를 하면서 냉장고에 대한 큰 욕심
이 없어졌다. 대부분의 자취생들이 그러하듯 나 역시도 친구들과
의 만남, 회식 등으로 외식을 자주 했다. 집에서 식사를 차려 먹
는다고 해도 설거지가 귀찮다는 핑계를 대며 라면을 끓여 먹거나
편의점 도시락 같은 인스턴트식품을 이용했다. 오랜만에 요리를
한다고 식재료를 사두어도 집에서 밥을 차려 먹는 기회 자체가
적었으니 양파는 문드러지고, 상추는 얼어붙었다. 무르게 변한
야채, 곰팡이가 생긴 음식을 처리하기도 구역질 나는 일이었으니
식사를 차려 먹는다는 것은 언감생심이었다.

  남편과 결혼하면서 멋진 스테인리스 양문형 냉장고를 살까 고
민했지만 과거의 기억이 새록새록 떠올랐다. 고작 2명이 밥을 해

먹고 살 텐데 굳이 큰 냉장고가 필요하지 않을 것 같았다. 그래서 남편이 결혼 전부터 사용하던 250L 소형 냉장고를 계속해서 사용하기로 했다. 냉장실과 냉동실이 하나씩 있는 단문형 냉장고는 세련되진 않아도 그 기능을 충실히 했으니 버리기도 아까웠다.

더군다나 근종 때문이라도 신선한 식재료로 집에서 요리를 해야 했다. 500L가 넘는 새 냉장고를 사면 음식의 유혹을 이기지 못하고 그 속에 각종 가공식품과 식재료를 가득 사둘 것만 같았다. 혹은 자취할 때처럼 식재료가 썩어 문드러지는 불행이 일어날지도 몰랐다. 무엇보다 앞으로 50년을 함께 살아갈 남편과 수년 뒤에 태어날 자식들을 위해서라도 건강한 음식을 먹는 습관이 필요했다. 홀로 살 때처럼 귀찮다는 핑계를 댈 수도 없었다. 남편은 이런 속사정을 듣자 우리 아내가 바뀌었다며 더없이 기뻐했다. 성공적인 식단 조절을 위해 본인이 페이스 메이커가 되겠다는 다짐도 근사하게 늘어놓는 모습에 오히려 웃음이 나왔다.

식습관을 바꾸는 데 남편의 역할이 정신적 지주였다면 작은 크기의 냉장고는 물리적 지주였다. 내부 공간이 작아 많은 식재료를 사두지 못하는 상황이었기 때문이다. 가공식품과 동물성 지방이 함유된 식재료를 멀리하고 신선한 재철 식재료로 만든 음식을 섭취해야 하는 자궁 근종 환자로서 그 조그마한 냉장고는 금방 내 생활의 중심이 되었다.

냉동고에는 얼음과 몇 가지 냉동 야채를 쌓아둬 공간이 벌써 꽉 찼다. 때문에 소시지, 돈가스 등 가공식품을 쌓아둘 수가 없었다. 냉장 칸 역시 같은 상황이었다. 냉장고 문에 달린 음료 칸에는 물, 샐러드용 소스, 올리브 등이 가득 차 우유조차 덥석 구입하지 못했다. 과일과 야채, 엄마가 담가 준 김치만 넣어도 냉장 공간의 절반 이상을 차지했다. 제한된 공간에 식재료를 보관하기 위해서 각각의 우선순위가 정해졌다.

냉장, 냉동이나 실온 보관이 필요한 토마토소스, 떡국 떡 등 가공식품을 살 때면 꼭 뒷면을 확인해 원재료를 체크했다. 2006년부터 시행된 식품완전표시제 덕분에 가공식품에 사용된 원재료와 인공화학조미료를 비롯한 성분을 확인할 수 있는 덕분이었다. 물론 밀가루가 수입되는 과정에서 뿌리는 방부제처럼 원료에 함유된 첨가물을 별도로 표시하지 않거나 유전자 변형을 가한 GMO 원료를 사용했는지 여부를 반드시 명시하지 않아도 되는 등 한계점도 많았다.

그럼에도 나는 식품 제조 기업의 마케팅에 넘어가지 않기 위해서라도 필수적으로 원재료를 체크했다. 예를 들어 무가당, 무설탕이라고 쓰인 과즙 음료라도 단맛을 내는 인공 감미료를 넣거나 액상 과당을 사용한 경우가 더러 있었다. 단맛이 적은 음료인 줄 알고 벌컥 마셨다가 머리까지 핑 도는 경험이 한두 번이 아니었다.

혹은 국내산 원료를 강조한 식품도 막상 원재료를 확인하면 수입산을 섞어 사용하는 경우가 꽤 많았다. 여러 종류의 조미료를 사용하지 않았다고 홍보한 제품에도 대체 인공 조미료가 사용된 사례도 있었다. 그런 포장지를 보고 있자면 소비자가 봉인가 싶어 화가 났다. 가공식품 마케팅은 자연스럽지만 교묘하게 소비자에게 접근하고 있었다.

건강한 식사를 하기 위해서는 중독을 야기할 수 있는 음식도 의식적으로 가려 먹어야 했다. 음식 중독은 이미 적당량의 음식을 먹었음에도 끊임없이 무언가를 먹고 싶어하는 현상으로 과식을 자주해 비만의 원인이 될 수 있다. 설탕이 다량 들어간 소스, 피자, 치킨, 도넛, 케이크 등 주로 다량의 설탕이나 백밀가루 같은 정제 탄수화물을 원료로 하거나 기름에 튀기고 굽는 고열량의 가공식품이 음식 중독을 야기할 가능성이 높았다.

그러한 음식을 먹었을 때 우리 뇌는 마약을 복용했을 때 못지 않은 쾌감 호르몬을 내뿜고 '더 줘, 더 달란 말이야!'를 외친다. 음식마다 중독 정도를 수치화한 자료에 따르면 오이의 중독 지수는 6으로 낮은 반면 피자는 자그마치 26을 넘어버리는 높은 수치를 자랑한다.[2] 피자가 오이보다 맛있다고 느끼고 자주 생각나는 건 인간의 의지력 문제만은 아니었다.

안타깝게도 나의 혀와 뇌는 이미 자극적인 맛에 길들여져 있었다. 의식적으로 음식 중독을 야기할 수 있는 맵고 짜고 단맛을 피하려고 해도 쉽지 않았다. 그러니 당근, 방울토마토 등 건강한 식재료가 맛있다고 느낄 리가 없었다. 중독과 습관의 문제였다. '식습관은 경험을 통해 다시 배워야만 바꿀 수 있다'며 미식 교육의 필요성과 중요성을 강조하던 신문 기사가 생각났다. 식습관도 습관이라고 일상적으로 어떤 음식을 어떻게 먹는지에 따라 사고와 행동이 고정화되었다. 사람이 만든 음식에 사람의 정신이 지배당하고 있는 셈이었다. 알면 알수록 근종을 비롯한 건강 문제는 단한 가지의 문제로 야기되기보다는 모든 일들이 복잡하게 서로 얽히면서 생겨났다.

스물여덟 살, 다시 미식 교육을 시작하기 나쁘지 않은 나이였다. 분명 중독성 강한 음식이 오랜 기간 생각날 테지만 의식적으로 중독성이 약한 자연식을 반복 선택하기로 했다. 다행히도 환경호르몬을 줄이기 위한 식재료와 조리법은 음식 중독을 벗어나기 위한 방법과 일맥상통한 부분이 많았다. 가공식품, 동물성 지방이 많은 음식, 조미료를 듬뿍 넣어 원재료의 맛이 느껴지지 않는 음식들을 유의해야 했다. 공통분모가 많으니 식습관 개선의 선택과 집중이 좀 더 용이할 수 있었다.

식사의 주가 되는 탄수화물 계열은 가공하지 않은 통곡물로 바꿨다. 백미는 현미로, 밀가루는 통밀가루로 바꿔 섬유질과 단백질 비중을 높이고자 했다. 통곡물은 환경호르몬 배출에도 효과적일 뿐 아니라 가공 곡물보다 중독될 가능성이 적었다. 어릴 적부터 잡곡밥을 먹어서인지 현미 100% 밥도 꽤나 맛있었다. 부드러운 백미보다 꼬들꼬들한 게 씹히는 감촉도 좋았고 씹을수록 달콤해지는 맛도 좋았다. 백미만 먹었다면 적응하기 쉽지 않았을 터였는데 어린 시절부터 미식 교육이 중요한 이유가 이런 까닭일까. 반찬을 만들 때도 간장, 고춧가루, 설탕을 섞은 한국식 만능 양념보다는 가능한 만큼 소금과 설탕을 적게 쓰고 찌고 굽거나 삶는 조리법을 택할 때가 늘어났다.

냉장고에는 동물성 식품을 대체할 수 있는 식물성 식품을 구입해서 넣었다. 플라스틱 용기 대신 마련한 유리 용기에는 야채를 썰어 넣어두고 간식처럼 꺼내 먹었다. 마음에선 버터가 잔뜩 발린 달콤한 빵을 달라 부르짖었지만 집 안 어디에도 버터와 빵을 찾을 수 없었다. 애초부터 유혹의 씨를 자른 게 다행이었다.

고기가 먹고 싶을 때는 냉장고에 쟁여놓은 신선한 표고버섯, 새송이버섯, 느타리버섯 등을 구워 각종 쌈에 싸 먹거나 샤브샤브처럼 익혀 먹었다. 식감이 어찌나 쫄깃한지 버섯은 여전히 우리 부부가 애용하는 고기 대체품이다. 고기만두를 먹고 싶을 때는 냉동 만두보다는 두부, 부추 등과 함께 고기의 식감을 더해줄 무말랭이를 사와 직접 만들기도 했다. 고기의 질감과 향을 100% 대체할 순 없지만 만족도가 꽤나 높았다.

'오늘은 어떤 요리를 할까?'

매일, 혹은 이틀에 한 번씩 플라스틱 비닐 대신 천으로 만든 장바구니를 손에 쥐고 장을 보러 가는 길이 꽤나 즐거워졌다. 남편은 든든한 정신적 조력자가 되어 다양한 식재료를 함께 골랐고 음식을 만드는 시간들이 기대됐다. 즐거운 미식 여행은 단순히 끼니를 소비한다는 의미보다는 경험을 나눈다는 감정 교류였다. 물론 중독성이 강하고 환경호르몬이 든 음식을 피하기 위해 서로에게 의지하면서 유대감도 강해졌다. 남편이 먹지 못하면 나도 먹지 못하고, 내가 먹지 못하면 남편도 못 먹는다는 일종의 동지애였다.

술에 관한
슬픈 이야기

남편의 금주령이 떨어졌다.

"술은 먹지 않도록 하자."

조선시대도 아니고 21세기, 한국에서 금주령이라니! 독일의 철학가 괴테도 '책은 고통을 주지만 맥주는 우리를 즐겁게 한다. 영원한 것은 맥주뿐!'이라며 술을 찬양하지 않았는가. 음주를 결정하는 개인의 자유를 침해하는 처사나 다름이 없었다. 평소 맛있는 음식엔 적절한 술이 함께해야 한다는 확실한 음주 철학이 있었던 터라 더욱 억울했다.

맛있는 음식과 더불어 누군가와 함께 마시는 술은 분위기를 더욱 즐겁게 해주었다. 친구들과 마시는 맥주, 남편과 마시는 와인, 엄마와 가족들과 마시는 막걸리 병에는 각기 다른 이야기와 웃음을 담았다. 심지어 퇴근 후 피곤한 몸을 깨끗하게 씻고 즐기는 혼술 시간은 얼마나 사람을 평화롭게 만들었던가!

근종을 관찰하면서 진실 앞에선 유독 작아졌다. 객관적 증거 앞에서 개인적 욕심은 접어두는 게 여러 측면에서 이익이었다. 하지만 과학적 자료가 뒷받침한다 해도 금주를 한다는 도전을 언제까지 성공할 수 있을지는 의문이었다. 솔직한 마음으로 자신이 없었다. 불확실하지만 의지로 시작해보자 결심했다.

분명 근종 환자라면 술을 멀리하는 게 좋았다. 13만 3천여 명의 일반 여성과 근종을 가진 여성을 비교한 자료에 따르면 하루 평균 20g 이상, 다시 말해 소주 1/3 정도의 알코올을 섭취한 여성이 알코올을 섭취하지 않는 여성보다 근종이 생길 확률이 약 33% 높았다.[3] 알코올이 분해되면서 당 수치를 높이고 간에 무리를 주며 살이 찔 수 있는 가능성이 높아지기 때문이었다.

버섯이 고기 맛을 대체한 것처럼 알코올 맥주를 대체할 수 있으리라는 마음으로 무알코올 맥주를 종류별로 샀다. 금주를 하는 기간 동안 한국에서 제조하거나 수입하는 무알코올 맥주는 거의 마셨을 거라 자부한다. 마트에 종류별로 진열된 무알코올 맥주를 사다 품평회를 하기도 했고 취향에 맞는 무알코올 맥주를 박스

째 주문했다. 심지어 남편과의 싸움이 있는 날에도 베란다 구석에 놓인 무알코올 맥주를 씩씩거리며 마셨다. 예전 같았으면 벌써 소주에 맥주를 말아 폭탄주를 마시며 스트레스를 해소했겠지만 무알코올 소주가 있었다면 무알코올 맥주와 함께 소맥을 말아 마셨을 텐데, 안타깝게도 이는 실현하지 못했다. 하지만 무알코올 맥주는 실제 알코올이 가져다주는 긴장 완화 효과를 대체하지는 못했다. 이 이유로 인해 금주 성공은 계속되지 않았다.

5월 늦봄, 금주를 시작한 지 6개월 즈음이 지났을 때였다. 역대 최대로 많은 손님들이 내가 일하는 채식 베이커리를 찾았던 날이었다. 안 그래도 땀이 흐르는데 체력은 바닥이 났고 기진맥진했다. 그날, 퇴근하던 길에 물이라도 마셔야지 싶어 잠시 편의점을 향했던 게 잘못이었다.

잠시나마 멀어졌던 나의 동지, 캔맥주가 냉장 코너에서 매혹적인 모습으로 나를 유혹하는 게 아닌가. 머릿속에선 술을 마시면 안 된다는 이성이 작동했지만 거스를 수 없는 유혹에 손을 뻗었다. 예상하지 못한 약점 공격에 혹하고 넘어가 버린 것치고는 맥주 맛은 너무 달콤했다. 수개월 만에 느끼는 청량하고 풍부한 맛과 홉의 향기와 함께 알코올이 몸속으로 퍼지면서 긴장되었던 몸의 근육이 풀렸다. 더군다나 남편 몰래 즐기는 오래간만의 낮술이 아니었던가.

문제는 그날이 처음이 아니라는 데 있었다. 본격적인 여름이 시작되면서 뜨거운 햇빛이 잠시라도 내리쬘 때마다 땀이 비처럼 흘렀다. 타는 목의 갈증을 달래줄 맥주가 절실했다. 간신히 탄산수로 자기 최면을 시도했지만 뇌는 맥주의 청량감을 계속해서 원했다.

그 이후의 선택에 대해서는 굳이 설명치 않아도 예상이 가능하리라. 처음이 익숙해지니 두세 번은 문제도 아니었다. 저녁 식사거리가 필요하다며 장을 보러 나가도 도와주겠다는 남편의 호의를 뿌리치고 홀로 나갔다. 그래야 편의점 구석에서 맥주를 따고 텀블러에 옮겨 담을 수 있었다. 남편 몰래 테이크아웃 맥주를 즐기며 스릴을 만끽했다.

하지만 얼마 지나지 않아 남편에게 꼬리가 밟혔다.

"맥주 마셨지?"
"아니야. 무슨 소리를 하는 거야."

남편의 물음에 눈도 마주치지 않고 얼버무렸다.

"거짓말하지 마. 냄새가 나는걸?"

후하후하

"맥주 마셨지?"

후다닥 —

"아니야.

　무슨 소리를 하는 거야."

내가 봐도 티 나는 거짓말이었다. 결국 얼마 지나지 않아 몰래 맥주를 마시던 게 처음이 아님을 자수했다.

"그럴 줄 알았어. 예상은 벌써 했어. 이야기를 안 했지."

뛰어 봤자 부처님 손바닥이라고, 나는 남편에게 들키고 말았다. 이렇게 금주도 실패로 끝이 나버리면 어쩌나 걱정스러웠다. 어떻게 해야 지속적인 금주가 가능할까, 참 고민스러웠다.

완벽하지 않아도
괜찮아

금주만 문제가 있던 것은 아니었다. 건강한 식사를 하겠다는 노력도 삐걱거렸다. 하지만 술의 유혹에 넘어가 금주를 실패한 것과는 다른 양상이었다.

식습관을 개선하던 초기에는 건강한 식습관과 채식에 부쩍 관심이 생겼다. 그래서 마케팅 업무와 가사 외에 짬이 나는 시간을 이용해 채식 베이커리와 카페에서 아르바이트를 시작했다. 돈을 벌려는 욕심보단 다양한 방법으로 채식을 접하고 싶은 마음이 컸다. 그곳에서 우유, 계란, 버터가 없는 빵을 만들 수 있음을 알게 되었고 집에서 수입산 백밀가루 대신 국내산 통밀가루로 빵 반죽을 만들어보기도 했다. 고기를 대체할 다양한 채식 가공품도 알아갔다.

작은 냉장고와 더불어 의식적으로 채식을 하려는 노력을 반복하니 동물성 지방이 다량 함유된 가공육, 유제품, 인스턴트를 먹지 않으려는 노력은 꽤나 성공적이었다. 결론적으로는 약 6개월 정도는 우유, 달걀, 조류, 수산물은 섭취하고 붉은 고기는 섭취하지 않는 폴로 베지테리언pollo vegetarian으로 살았다. 그 사이 2개월 정도는 유제품과 동물의 알만 먹고 붉은 고기, 흰 고기, 생선 등을 먹지 않는 락토-오보 베지테리안lacto-ovo vegetarian으로 사는 게 가능했다.

하지만 얼마 지나지 않아 문제가 생기기 시작했다. 채식을 시작하면서 몸이 급격히 나른해지고 음식을 먹어도 허기가 졌다. 본격적으로 단 음식을 찾는 비중이 늘어갔다. 현미밥 한 공기와 채소 반찬을 먹어도 후식으로 다크 초콜릿 같은 설탕 덩어리 간식을 우걱우걱 집어 먹고 있었다. 육식이 아닌 채식이라며 자기 합리화를 하고 감자튀김을 먹는 횟수도 많아졌다. 동물성 지방을 대체할 채식 가공품도 가공품이기에 좋은 성분만을 포함하고 있지 않았다. 탄수화물과 당, 지방의 섭취량이 급격히 늘었고 단백질 섭취량이 줄어들었다. 체성분 측정 결과로도 체지방이 약 2kg가량 늘었다. 근육은 줄어들었다. 부풀어 오른 뱃살이 가져온 좌절감은 어마어마했다. 근종의 크기도 줄어들거나 변화한 기미도 없었다.

시간이 지날수록 채식을 해야 한다는 강박관념에 사로잡혀 동물성 지방을 피하자는 상황에 몰입하다 보니 오히려 건강한 식탁을 놓쳐가고 있었다. 거기에 채소마다 가지고 있는 식물성 에스트로겐의 수치를 비교하며 일부 채소는 일부러 먹지 않았다. 콩, 석류, 헴프시드 등에 함유된 식물성 에스트로겐은 체내에서 에스트로겐처럼 활동해 여성호르몬의 작용을 증가시킬 가능성이 높기 때문에 자궁 근종과 여성호르몬 질환을 악화시킬 수 있는 잠재적 가능성이 있었다. 하지만 채소마다 식물성 에스트로겐 수치를 비교하고 음식의 혈당 지수를 체크하며 음식을 가려 먹는 강박적 행동은 나를 초조하게 만들었다.

아뿔싸, 나는 완벽주의라는 늪에 빠졌다!

인생 가장 큰 기쁨이 먹는 즐거움인데, 그 낙을 잃어버린 것이다. 아름답게 늙어가는 꿈에 다가가기도 전에 굶어 죽겠다 싶었다. 완벽한 금주를 실패한 보상 심리로 더 완벽하게 채식을 하고 싶었다. 그래서 너무 높은 기준을 설정했고 만족스러운 결과는 만들기 힘들었다. 일상은 점점 부담스러워졌고 소소한 식사의 기쁨을 빼앗겼다.

클라우스 베를레는 저서 『완벽주의의 함정』에서 '모든 요구에 부응하고자 하는 탓에 우리에게 재미를 주는 일, 우리에게 정말 유익한 일에는 제대로 집중하지 못한다'고 말했다. 근종의 성장을 느리게 할 수 있는 여러 음식 이야기의 조각들을 완벽하게 성공하려 했던 나의 이야기였다.

야심 차게 출발한 레이스에서 맥없이 넘어지고 말았다. 완벽한 자세로 달리려는 욕심에 오히려 발이 엉켜버렸다. 그렇다고 어렵게 노력한 경기를 쉽사리 포기할 수는 없었다. 완벽하게 채식을 지향했던 방향을 급격히 수정했다. 입으로 들어가는 음식들 중에서 채소의 비중을 다량 높이되 고기가 먹고 싶다면 질 좋은 고기를 먹겠다는 계획이었다.

채소에 함유된 식물성 에스트로겐의 함량, 혈당 지수 등도 찾아보지 않기로 했다. 웹 페이지 즐겨 찾기에 추가되어 있던 채소 종류에 따른 식물성 에스트로겐 함량 자료를 모조리 삭제했다. 사실 어느 정도 채소를 먹어야 체내에서 식물성 에스트로겐이 에스트로겐처럼 작용해 호르몬 균형에 영향을 주는지는 의학적 기준이 모호했다. 단지 지속적인 마음의 안정을 위해 수치와 자료에 주관적이며 맹목적인 기준을 부여했었다. 상황이 이러하니 식물성 에스트로겐 함유량이 비교 불가할 정도로 높은 대두, 씨앗을 원료로 하는 식품들은 이미 멀리한 지 오래였다. 그럼에도 강박적으로 채소의 종류에 집착하는 것은 의지력을 갉아먹는 부질없는 일이었다. 차라리 다양한 종류의 채소를 골고루 먹는 편이 정신적, 육체적 건강에 좋았다.

채식을 시작하기 전처럼 자주는 아니었지만 한 달에 약 2회가량 돼지고기와 소고기도 먹기 시작했다. 유럽인 50만 명을 12년 동안 추적 관찰한 EPIC^{The European Prospective Investigation into Cancer and Nutrition}의 자료에서는 가공되지 않은 붉은 고기를 적절한 양만큼 먹을 경우 단백질, 철, 아연, 비타민 B 등 다양한 영양소를 적절하게 섭취할 수 있다고 밝혔다.[4]

문제는 산업 폐기물, 생활 쓰레기로 오염된 곡식으로 만든 사료를 먹이고 건강하지 못한 방법으로 사육된 고기를 생산하는 산업 구조에 있었다. 오염된 원재료로 만든 소시지, 햄 같은 가공육은 어느 고기의 어느 부위를 사용했는지 알 수조차 없고 제조 과정에서 다량의 설탕과 소금까지 추가된다. 칼로리뿐 아니라 비만이나 고혈압을 일으킬 가능성마저 높아진다. 그래서 소시지와 베이컨 같은 가공육은 피하는 편이 좋았다.

고기를 먹는 날에는 케일, 버섯, 가지 등 다양한 채소를 항상 곁들여 먹었다. 고기를 먹는 특식 외 일반식은 여전히 채소 위주였다. 미역국에는 여전히 소고기 대신 표고버섯을, 카레에는 돼지고기 대신 병아리콩이나 말린 묵을 넣었다. 채식을 하던 식습관에서 한 달에 2회가량 고기를 구워 먹는 경우만 추가되었다. 두루뭉술하게 고기가 먹고 싶은 날이나 고기를 먹은 날을 달력이나 종이에 기록해둘 뿐 어느 것도 제한하지 않았다. 식사의 만족감은 다시 상승했고 얼마 지나지 않아 2kg이나 증가했던 체지방이 정상 수치로 돌아왔다.

하마터면 실수를 인정하고 경로 수정하기를 두려워할 뻔했다. 내게 실패는 완벽함을 가로막는 장애물이란 인식이 있었다. 하지만 완벽하지 않다고 해서 변화의 가치를 부정해서는 안 되었다. 변화도 살아 있는 유기체 같아서 계속해서 성장하는 과정이 있음을 받아들여야 했다. 지나고 보니, 단 한 번의 실패도 용납하지 못한 채 완벽한 채식을 이루고자 버둥거렸다면 과연 근사한 성공이라 말할 수 있었을지 확신이 생기지 않았다. 실패를 전환하는 방법을 모르니 같은 위기가 찾아와도 극복할 줄 몰랐을 것이다. 습관이 삶의 목표가 아닌 방향이 되어야 한다고 다짐했던 것처럼 실패도 성공의 일부분으로 받아들여야 함을 배워갔다.

내가 경험한 사회는 이유가 어찌 되었든 타협과 실패가 나쁘다고 말하는 경향이 있다. 유명한 저자들이 쓴 자기계발서에도 타협하지 않는 자세에 관한 주제가 빠지지 않고 엄격한 잣대를 들이미는 이야기를 성공 스토리처럼 읊어댄다. 그래서 실패를 할 때마다 사람들은 실패 그 자체의 교훈보다는 '실패한 인생'이란 죄책감에 몰입하는 경향이 있다. 이에 의문이 생겼다. 왜 타협과 실패가 나쁠까?

'좀 틀리면 어때.'

반대로 생각하기로 했다. 타협과 실패는 인생의 필수요소임이
분명했다. 직접 부딪쳐 깨지고 나니, 언제 끝날지 모르는 삶이란
긴 여행에서 언제든 틀려도 괜찮다는 안도감이 생겼다. 실패는
했지만 변화는 계속해서 일어나고 있고 노력은 항상 진실되었다.
오히려 환상에 가까운 완벽주의가 희망찬 변화를 가로막을 것이
다. 적당히 좋은 것이 완벽한 것보다 더 나았다.

술을 줄이기 위한
효과적인 방법

완벽주의 환상을 깨고 나니 금주를 실패했다는 죄책감도 벗어나기 쉬웠다. 당장 술을 끊어야 하는 알코올 의존증이나 치명적인 건강 문제가 없기 때문에 조금 더 지속적으로 술과 멀어질 수 있는 즐거운 방안 마련이 필요했다.

'다시 시작하지, 뭐.'

이제 실패를 가벼운 먼지처럼 툴툴 털어버리는 편안한 마음가짐에 조금씩 익숙해졌다.

우리 부부는 오랜 시간을 두고 효과적인 금주 방안에 대해 몇 번의 토의를 했다. 그러다 갑작스럽게 채식을 그만둔 것처럼 금주도 그만두는 게 어떠냐고 남편이 본인 입으로 제안했다. 금주령을 선포한 남편이 금주령을 해제하겠다고 말하는 게 아닌가. 순간 환호성이 터지기보다는 의심이 앞섰다. 왜 그런 의견을 건넸을까.

"근본적인 해결법이 아닌 것 같아. 너무 일방적이기도 했고."

실패를 거듭해도 그 속에서 교훈을 얻고 탐구를 계속하려는 노력, 역시 과학자다운 사고방식이었다. 차라리 금주를 지향하되 절주도 노력의 일부임을 인정하는 자세가 도움이 되리라는 주장이었다. 곰곰이 생각할 필요도 없이 일리가 있는 말이었다.

나에게 술은 스트레스 배출의 창구로 기능했을 때가 많아 항상 좋은 기억으로만 남아 있지 않았다. 사회생활을 시작하며 업무나 인간관계로 스트레스를 너무 많이 받을 때는 술을 몸속으로 쏟아 넣었다. 감정을 털어놓을 대상이 없으니 술에게 화풀이를 한 셈이었다. 불안감을 느끼거나 드러내고 싶지 않은 심리적 방어였다. 일주일에 7일을 술기운에 젖었다. 더군다나 언제든지 쉽게 마실 수 있다는 강점이 있었다. 기쁠 때든 슬플 때든, 일상적인 날들이든 상관없이 마음만 먹고 손만 뻗으면 지갑에서 플라스틱 카드를 꺼내 살 수 있었다. 유혹의 문턱을 넘기는 누워서 식은 죽 먹기였다. 그래서 누군가의 마음을 아프게 하는 말을 내뱉었고 몸을 가누지 못할 만큼 취해 스스로를 조절하지 못했었다. 술은 좋은 친구이기도 했지만 때론 성숙하지 못한 스스로를 반증하는 도구이기도 했다.

나의 관념 속에서 술의 포지션을 변경하지 않고 무작정 금주만 했던 것도 실패의 원인이었다. 스트레스의 탈출구였으니 화나거나 짜증이 나면 술 생각이 가장 먼저 떠올랐다. 술을 즐겁게 마시고 마시는 양을 스스로가 조절하는 경험이 부족했다. 차라리 금주를 계속하기보다는 머릿속에 있는 술의 포지션을 바꾸는 게 장기적으로 좋은 결과를 가져올 것이다. 술은 즐거운 일이 있을 때 마시는 것, 가깝지는 않지만 멀지도 않은 소중한 것, 쉬이 얻을 수 없는 존재여야 했다.

영국 작가이자 기술 철학인인 톰 채트필드는 '인간은 수만, 수십만 년 동안 자극적인 것을 찾기 위해 진화했고 지적이고 문명화된 존재로서 문제 해결과 학습으로 엄청난 자극을 받는다'고 말했다. 이를 현실에서 가장 쉽게 보여주는 게 게임이다. RPG, 슈팅, 스포츠, 보드 게임 등 다양한 게임은 공통적으로 이용자로 하여금 동기를 부여하고 무언가를 하게끔 감정적 몰입을 만든다. 이용자는 지속적으로 미션을 수행하고 적절한 보상을 받으면서 즐겁게 게임을 한다. 그렇다면 나 역시도 절주를 게임처럼 할 수 있다면 습관 개선에 도움이 되지 않을까 상상했다.

남편을 절주 게임 디자이너로서 임명했다. 이용자들의 행동 패턴을 분석해 효과적인 감정 몰입 장치를 연구하는 게임 회사처럼 금주 게임 미션의 난이도와 보상의 등급을 세밀하게 조정하길 요청했다. 절주 게임은 목표 달성이 너무 쉬워 지겹지도 않아야 하고 또 너무 어려워 좌절감을 느끼지 않을 적절한 난이도가 계속되어야 했다.

우선적으로 일주일에 작은 와인 2잔까지, 200ml가량의 술은 원할 경우 언제든 섭취할 수 있는 기본 가이드라인을 정했다. 게임의 핵심은 역시나 단·장기적인 목표와 노력에 대한 보상이었다.

남편이 설계하고 우리가 선택한 게임은 '스티커 모으기'였다. 규칙은 간단했다. 거실 한쪽에는 작은 칠판이 놓여 있는데, 그곳에 스티커 박스를 붙여놓았다. 보상을 받을 만한 일, 예컨대 '건강한 식재료를 이용해 식사를 준비한 하루'같이 구체적인 목표를 달성한 경우 스티커를 붙일 수 있는 자격이 주어진다. 스티커 10개를 모으면 맥주 500ml 한 캔을, 15개를 모으면 와인 한 병을 획득하는 식이었다. 나에겐 초등학교 저학년이나 할 법한 이 놀이가 너무 유치하고 우습게 보였다.

하지만 꽤나 그럴싸한 자극이 되었다. 일단 절주를 하고자 하는 동기부여는 처음부터 있었으니 적절한 난이도의 목표와 보상만 주어진다면 이론상으로는 완벽하게 즐거운 게임이 될 수 있었다. 남편은 아내로서 나의 행동과 사고방식을 지켜본 지 어언 4년이 넘

었다. 이용자인 나를 '스티커 모으기' 게임에 중독시킬 만한 여러 가지 미끼를 가지고 있었다. 그래서 목표를 달성하지 않아도 뜬금없이 스티커를 붙여준다든지 대가 없는 맥주나 와인을 주는 무작위 확률의 선물을 선사해주었다. 마치 캐릭터들이 서로 협력하여 주어진 시련을 극복하고 목표를 달성하려 노력하는 롤 플레잉 게임 같았다. 이름하여 알코올 프리덤! 거기에 귀엽거나 새로운 모양의 스티커가 새로운 게임 아이템이 되니 다양성이 풍부해졌다.

게임을 하면서 누구에게든, 특히 아이를 기르고 있는 집에 이 게임을 강력 추천한다. 다 큰 어른마저 목표를 달성하고자 움직이게 만들었으니 말이다.

우리는 1년이 넘도록 이 게임을 했음에도 여전히 즐겁게 스티커를 모으고 있다. 백화점과 문구점을 가도 새로운 스티커가 있는지 살펴보는 소소한 즐거움을 나누기도 하고, 주어지는 보상을 술이 아닌 용돈, 먹고 싶은 음식 등으로 바꿔갔다.

남편도 이 게임의 이용자가 되어 설거지하기 목표를 수행했다. 내가 집에 없을 경우나 바쁠 때, 자발적으로 설거지를 도와주는 날이면 남편 역시 스티커를 획득할 기회가 주어졌다. 그만큼의 노력과 시간이 들어가니 사소하고 당연하다 여겼던 일들을 하는 게 더 즐거워졌다. 이전에는 중요치 않다며 가치를 절하했던 일들이 어려움을 극복하여 받는 보상이 되니 더욱 소중해졌다.

이런 면에서 술은 계속해서 마시고 있다는 말이 정확하다. 하지만 단순한 게임으로 시작해 술을 대하는 개념, 실제 술을 마시는 방법까지 다양한 측면에서 변화가 계속되었다. 목표했던 바와 같이 술의 포지션이 조금씩 변화했다. 일단 스트레스 배출의 창구로서 술을 애용하지 않게 되었다. 스티커를 차곡차곡 모았을 때나 기쁜 소식이 있을 때만 술을 조금씩 마셨기 때문에 술은 기쁜 일이 있을 때, 목표를 달성했을 때 마셔야 한다는 인식으로 서서히 바뀌었다. 술을 마시는 것 자체가 귀한 경험이 되었다. 소주 2병쯤은 거뜬했던 과거에 비해 요즘에는 소주 반병만 마셔도 알딸딸하다. 우스갯소리로 적은 돈으로 최대의 효과를 낼 수 있는 가성비 좋은 사람이 되었다.

완벽주의 늪에 빠졌던
대인관계

건강한 식사를 하고 음주를 조절하는 능력이 조금씩 단단해졌다. 하지만 식습관을 개선하던 초기에는 지인, 친구들과 식사 약속을 만들기가 정신적으로 힘들었다. 다이어트를 하는 사람들이 외식 약속을 잡기 힘든 것과 비슷한 경우였다. 채식을 할 때였으니 붉은 육고기로 만든 소스나 육수조차 먹지 않았다. 강박적으로 채소의 종류마저 가려 먹으니 밖에 나가 밥을 먹는다는 건 부담스러운 일이었다.

"너 고기 못 먹잖아. 이번엔 애들이 다들 고기 먹고 싶다는데. 괜찮겠어?"
"괜찮아, 난 다른 거 먹어도 되잖아."

사람들과의 만남이 좋아 모임을 나갔지만 눈앞에 지글거리는 고기를 외면하는 것도, 불편해하는 친구들을 바라보는 것도 힘든 일이었다. 그래서 배려를 바탕으로 하는 만남이 그럭저럭 유지되었던 초기와 달리 시간이 지날수록 점차 젓가락을 들지 않고 식사하는 모습만 쳐다보는 나를 상대방도 불편하게 여겼다.

함께 밥을 먹는다는 건 단순히 시간을 함께 보낸다는 것만이 아니었다. 수저에 담긴 음식으로 같은 경험을 나눈다는 데 또 다른 의미가 있었다. 완벽주의 늪에 허우적거리던 시기의 대인 관계는 녹슨 자전거처럼 삐걱거렸다.

채식을 중단하고 절주를 다짐하면서 삐뚤어진 대인관계도 바로잡아야 하는 시점이 왔다. 이전이라면 실수와 실패를 반복했다는 생각에 '난 왜 이럴까' 하고 스스로를 비난할 일이었다. 혹은 '실패한 사람'이라는 타인의 낙인을 받고 싶지 않아 실수와 실패를 없던 일처럼 덮었을지도 모른다. 때로는 극도의 좌절감을 느껴 어차피 실패할지 모른다는 두려움이 생기기도 했다. 그로 인해 새로운 도전을 시작할 엄두조차 나지 않아 제자리에 머물곤 했었다.

하지만 근종을 발견한 후, 지속적으로 실패와 좌절을 반복했다. 그리곤 수정을 거듭한 후 도전을 계속했다. 연습이 많아지니 가볍게 실수를 인정하고 '뭐, 잘못했을 수도 있지'라며 이야기할 수 있게 되었다. 긍정적 맷집이 굳은살처럼 배었다.

이렇게 변하게 된 것은 타인의 평가보다 나의 가치를 우선시하는 마음이었다. 실패와 성공을 판결하는 건 타인이 아니었다. 결론적으로 도전을 계속하는 건 외부자들이 아닌 나였다. 그러니 타인이 실패라고 규정하는 잣대 때문에 받을 눈치와 비난이 썩 두렵지 않았다. 성공을 위해 더 나은 방법을 모색하는 건 온전히 스스로를 위함이었다.

부끄럽긴 했지만 지인과 친구들에게 성급하게 선포한 금주와 채식을 취소했다. 굳이 메신저로 동네방네 알리지는 않았지만 만남이 예정된 친구들, 지인에게는 식사 메뉴를 고르는 데 어려움이 없도록 사전에 말했다.

대부분의 경우, "이제 좀 편하게 만날 수 있겠다" 하고 긍정적인 반응을 보였다. 인간관계도 조금씩 원래의 궤도를 찾고 있었다. 건강한 몸과 정신으로 살기 위해서는 이유 있는 뻔뻔함도 필요했다.

서로 각기 다른 분야에서 일을 하고 다른 지역에 살고 있는 대학 동기들을 오랜만에 만난 날이었다. 육식도 가능하다고 사전에 알렸지만 친구들은 식습관을 조절하는 내가 염려되었는지 거듭 물어봤다.

"그래도, 진짜 고기나 술 먹어도 괜찮아? 괜히 우리 때문에 그러는 거 아니야?"

그도 그럴 것이 학교 호수에 비치는 달빛을 안주 삼아 맥주를 함께 마시고 서로의 술주정을 받아주던 친구들이었다. 거의 10년간, 20대의 시절을 함께 보냈으니 술과 고기에 대한 나의 애정이 남다르다는 것도 알고 있었다. 그랬던 술쟁이, 고기쟁이 친구가 근종이란 숙제를 풀겠다고 술과 고기를 자제하겠다 했으니 친구들은 여전히 조심스러웠던 모양이었다.

"아냐, 너희 보는 날에는 괜찮아."

변화된 식습관에 대해 친구들과 이야기를 나눌 시간이 더 필요해 보였다. 나는 식단을 완벽하게 지키겠다며 강박적으로 고기와 일부 채소를 안 먹던 일상을 나눴다. 이렇게까지 살아야 하냐는 회의감이 더 나은 생활 개선을 가로막았던 경험도 이야기했다. 친구들은 별일이 아니라는 듯 몇 마디 말을 건넸다.

"그래, 고기를 조금씩 먹는 것도 방법이겠다."

친구들은 채식, 금주를 선회하겠다는 의지에 그 어떤 평가도 하지 않았다. 비난도 칭찬도 없이 있는 그대로의 말을 받아들인다. 무심한 듯한 반응에서 '그래, 가능한 만큼 우리도 도와줄게'라는 선의가 느껴졌다. 아, 이런 사람들과 함께 음식을 먹는 즐거운 경험을 못할 뻔했다니. 고마운 사람들 덕분에 밥을 먹는 즐거움이 다시 생겨났다. 이들의 든든한 응원과 지원이 더 건강하고 즐겁게 살아야겠다는 또 다른 동기부여가 되었다. 오랜 시간, 건강하게 친구들을 보고 싶어졌다.

대학 동기들과의 만남 이후에도 친구들과의 약속이 있을 때면 약속 기간 근처로 술과 고기를 먹지 않았다. 가능한 만큼 채식 위주의 식단을 유지했다. 친구들과 함께 먹을 식사 시간이 기대되고 설레어 온종일 그 생각만 하기도 했다. 그 설렘이 어찌나 소중했던지 자발적으로 스티커를 10장 모아 맥주 한 캔을 획득하더라도 냉장고 깊숙한 곳에 숨겨놓았다. 홀로 마시는 맥주보다 친구들과 식사 자리에서 가지는 술 한 잔이 더 즐거웠다.

건강하게
죽을 준비

툭, 팔과 다리를 길게 늘어뜨리고 큰 대(大) 자로 불이 꺼진 요가 강의실에서 시체처럼 송장 자세를 취했다. 요가를 배운 지 고작 몇 개월이 지났다.

"그냥 기분이 좋아."

땀 흘리기를 좋아하지 않던 두 친구가 꾸준히 요가를 다니며 했던 말이 마음에 들어왔다. 애매하지만 긍정적인 표현에 어떤 매력이 있을까 궁금해서 시작했던 요가였다. 평소엔 신경도 쓰지 않던 호흡과 근육의 움직임을 느낄 수 있다는 점에선 엄청나게 매력적이었다. 반면에 체력은 마음을 따라가지 못했다.

한 시간을 가득 채운 수업이 끝날 무렵에는 덜덜 떨리는 다리 근육을 정신력으로 겨우 부여잡았다. 아직 초보자라 제대로 서기도 힘들었다. 숨을 온몸 깊숙이 보내라는 기본적이지만 근본적인 행동마저 단연코 매우 어려운 일이었다. 그래서 수업 마지막 즈음에 바닥에 편하게 누워버리는 송장 자세를 가장 좋아했다.

요가 이론에서 송장 자세는 내면 깊숙하게 숨겨 놓은 죽음에 대한 무의식을 의식적인 흐름으로 이끄는 데 의미가 있다. 실제로도 마치 관 속에 누워 있는 것 같아 기분이 이상했다. 호흡할 때마다 근종과의 거리도 가까워져 손에 만져질 듯했다. 정신은 맑은 듯 한없이 아득해졌다. 그때쯤, 요가 강사가 건넨 물음이 귓가에 들어왔다.

"우리는 왜 요가를 할까요?"

몸이 땅속으로 녹아 흐르고 의식이 심해로 빠져들다 이상하다 싶은 물음에 번쩍 정신이 들었다. 무엇 때문이었을까.

"건강하게 죽기 위해서입니다."

수업이 끝나고 집으로 돌아가는 길목에서도 그 물음과 답을 곱씹었다.

건강하게 살고자 하는 노력들은 결론적으론 건강한 죽음과 동일한 방향이었으며 살아 있는 순간의 미학은 죽음과 연결되어 있었다.

9년 전, 알츠하이머가 심해져 요양병원에 들어가신 할머니 생각이 났다. 팔순을 넘기지 못하고 요양원에 들어가셔서 나를 알아보지 못한 지도 어언 7년이 지났다. 이미 가벼운 인지력 감퇴를 넘어 매우 심각한 인지력 감퇴 단계로 진입하신 지 오래였다. 할머니의 발과 손은 뻣뻣하게 굳어가고 제대로 앉아 계실 수도 없었기에 일상 활동 대부분에서 도움이 필요했다. 그 과정을 지켜본 세월이 있어 당사자를 둘러싼 세상을 천천히, 하나씩, 쓱싹쓱싹 지울 수 있는 알츠하이머라는 병이 암, 전염병만큼이나 공포스럽다.

뇌 과학자 웬디 스즈키는 꾸준한 운동이 기억을 장기 저장하는 해마와 의사를 결정하고 성격, 집중력에 영향을 미치는 전두엽 피질 세포를 재생산하는 데 탁월하다고 말했다. 몸을 움직이면 알츠하이머 예방에 효과적이라는 과학적 증거들은 이 외에도 다양했다. 웬디 스즈키는 그렇다고 철인 3종 경기 선수처럼 극한으로 운동할 필요는 없다고 조언했다. 엘리베이터 대신 계단을 이용하고 빠른 걸음으로 산책을 하며 생활 속 움직임을 늘리는 것만으로도 충분히 변화를 일으킬 수 있다고 했다.

다행히 운동을 잘하는 편은 아니었지만 어린 시절부터 몸을 움직이는 활동을 좋아했다. 기본적인 활동량이 많은 편에 속했다. 뛰거나, 달리거나, 구르거나, 헤엄치는 등의 활동으로 움직임을 만드는 게 즐거웠다. 초등학생 시절에는 테니스와 유사한 정구 선수로 활동했고 여전히 수영, 서핑 등 다양한 운동이 재미있다. 어떤 종류에 상관없이 운동은 한계를 조금씩 이겨내면서 성장하는 즐거움이 있었다. 무엇보다 남녀유별이니 장유유서 같은 기존의 가치관이 아니라 본인의 실력으로 정정당당하게 평가받는 평등한 구조가 더없이 매력적이었다.

하지만 이제 운동을 즐기기 위해서만 하는 게 아니었다. 알츠하이머뿐 아니라 근종이 생기거나 커지는 걸 막기 위해서 운동은 선택이 아닌 필수였다.

체내에 지방이 과하게 축적되어 생기는 비만은 자궁 근종뿐 아니라 유방암 발생 확률을 증가시킬 수 있었다. 다양한 성호르몬 질환의 원인으로도 꼽혔다. 지방 세포에서 남성호르몬의 일종인 테스토스테론이 에스트로겐으로 변형되면서 직접적으로 호르몬 불균형에 영향을 미칠 가능성이 높은 이유에서였다. 그러니 태생적으로 호르몬 분비 균형이 좋다 하더라도 비만으로 인해 호르몬 불균형이 생길 수 있는 일이었다. 운동은 지방을 연소시켜 체내에서 호르몬이 변화될 수 있는 가능성을 자연스레 줄여주었다.

지방은 체내에 유입된 환경호르몬도 자석같이 끌어들였다. 체내 지방의 양이 증가하면 그만큼 체내 환경호르몬이 활동할 수 있는 양과 기간이 늘어났다. 운동을 꾸준히 하면 지방을 연소시키고 지방에 붙어 있던 체내 환경호르몬을 몸 밖으로 배출시키는 효과도 있었다.

비만도와 근종 발생, 성장의 상관관계는 꽤 많은 자료에서 찾을 수 있었다. 국내 한 연구진이 임신과 출산 경험이 있는 여성 5,000명을 추적, 관찰한 결과에서도 몸무게가 증가하면 근종이 생길 가능성이 높았다. 자료에서는 18세 때부터 10kg 이상 몸무게가 증가한 여성들이 몸무게가 5kg 이하로 늘어난 사람들에 비해 근종이 약 2배 더 많이 생겼다.[5] 주치의가 살이 찌지 않는 생활 습관과 운동을 강조한 데에는 이런 실질적인 이유가 있었다.

근종을 발견했던 20대 후반 즈음부터 신체 연령이 높아지고 기초대사량이 낮아졌다. 까딱 방심하고 밥을 먹다간 금방 몸무게가 불었다. 몸의 변화는 체중계 위에서 거짓 없이 드러났다. 체중계가 고장이라도 나서 원래 체중은 3kg이 덜 나간다면 좋겠지만 일어날 리 만무한 일이었다. 괜히 근종이 커지기라도 하면 어쩌나 걱정스러웠다. 어제의 몸무게를 유지하기 위해서는 먹는 양을 줄이고 몸을 움직이는 시간을 더 늘려야 했다. 하루 다섯 끼를 먹어도 살이 안 찌던 20살의 몸은 불행히도 없어진 지 오래다. 흰 머리를 곱게 쓸어 올린, 나의 동네 히어로 할머니는 어떻게 날렵한 몸을 지금까지 유지하셨을까 놀라울 뿐이었다.

'여자는 죽을 때까지 다이어트를 해야 한다.'

평소에 쉽게 들리고 보이는 이 문장에서 늘씬한 여성의 가치를 중요시하는 외모 지상주의의 가치관을 엿볼 수 있다. 마땅히 지양되어야 하는 표현이었다. 사회적으로 뚱뚱한 여자를 깎아내리는 편견과 차별 역시 불합리했다.

하지만 사회적 미의 기준이 아닌 건강의 측면에서 생각하면 완전히 틀린 말은 아니었다. 모든 인간은 죽을 때까지 다이어트를 해야 한다는 말이 정확한 표현에 가깝겠지만 편견을 타파하기 위해서 비만에 관대해져야 한다는 사고방식은 경계해야 했다. 여성 질환을 예방하기 위해서라도 비만에 대한 관용을 무조건적으로 베풀어서는 안 되었다.

운동은 건강하게 죽기 위한 조건이었다. 습관처럼 생활화해야 할 필요가 있었다. 그러기 위해서는 꾸준히 한 가지 종목의 운동만 반복하기보다는 다양한 운동을 즐기는 편이 좋았다. 운동 마다 사용되는 에너지와 감정의 종류가 다르기 때문에 다양한 운동은 더 오랜 기간 운동을 즐겁게 할 수 있게 한다. 주민센터에서 운영하는 헬스장에 다니기도 했고 집 근처 대학교에서 운영하는 수영과 스쿼시 교실에도 나갔다. 파도가 있는 날에는 바다에 가서 서핑을 했다. 시간으로 따지면 평균적으로 주 3회, 30분 이상은 운동을 하며 보냈다. 따로 시간을 내어 운동하기 힘든 날에는 계단을 이용하여 건물을 오르고 양치질을 하기 전 가볍게 스쿼트를 했다.

그렇다고 텔레비전 속 연예인처럼 날씬한 몸을 가지고 있지는 않다. 그렇게 되길 바라지도 않는다. 그저 운동을 할 때 몸이 느끼는 적절한 강도의 저항이 기분 좋다. 더군다나 몸을 많이 움직일수록 근종을 통제하고 지배할 수 있을 것만 같은 기분이 들었다. 질병으로서의 근종을 이겨낼 수 있다는 자신감이 생겼다.

팩트 체크가
필요해

어느 날, 해외에서 유학 중인 한 친구에게서 연락이 왔다.

"나 최근 몇 달간 아랫배가 계속 아파. 근종은 아니겠지?"

20대 초반일 때, 친구는 다낭성 난소증후군 진단을 받았기에 자궁 질환에 꽤나 예민했다. 다낭성 난소증후군의 원인은 호르몬 불균형이다. 자궁 근종보다 더 직접적인 연관 관계가 증명되었다. 이로 인해 난자를 만들어내는 난소에 여러 개의 물혹이 생기고 무배란증과 같은 증상이 생긴다.

단순히 배가 아프다는 이유로 근종을 의심하기엔 성급했지만 가만 두고 지켜보는 것도 능사는 아니었다. 하지만 친구가 유학 중인 나라는 여성병원 전문의를 만나기 위해서 몇 주가 소요될 수 있었다. 거기에 초음파 검사 가격도 30~40만 원 이상이라 유학생이 지불하기엔 부담스러웠다. 우리나라처럼 일어나자마자 여성병원을 방문해 초음파 검사를 10만 원 이내로 받을 수 있는 효율적인 시스템이 아니었다.

타지의 낯선 환경에 놓인 친구는 원인 모를 통증에 불안해했지만 한국에 입국했을 때 여성병원을 방문하기로 했다. 현재로서는 자궁에 좋은 음식을 찾아 먹는 것으로 만족할 수밖에 없다는 의사를 전했다. 일단 자궁에 좋은 음식이 가지는 의미가 모호했지만 무슨 말을 할지 몰라 친구의 이야기를 계속 들었다.

"포털 사이트에 자궁에 좋은 음식이라고 검색했는데, 이런 것들이 나오던데?"

"응? 잠깐만!"

친구가 검색한 내용들은 듣고 나니 고개가 갸우뚱했다. 석류, 콩 등 식물성 에스트로겐이 다량 함유되어 있는 음식이 대부분이었다. 자궁에 좋다기보다는 여성호르몬 작용을 높일 수 있는 음식이었기 때문에 호르몬 질환을 가지고 있는 여성이라면 섭취에 주의가 필요한 음식이었다.

국내 포털 사이트에 직접 근종에 좋은 음식을 검색해도 상황은 마찬가지였다. 검색 사이트 상단에는 정답처럼 '○○이 좋다!'고 써놓은 기사, 블로그 포스팅이 주르륵 나왔다. 일부러 뿌리는 거짓 뉴스는 아니지만 더 많은 클릭 수, 더 많은 조회 수를 얻기 위해 긁어모은 정보들이 대부분이었다. 보통의 사람들이 잘못된 정보를 올바른 정보로 착각해 받아들이기에 충분했다.

그중 한 가지를 예로 들면 콩이었다. 많은 신문 기사, 블로그 포스팅에선 자궁 근종 환자에게 좋은 음식으로 콩을 추천하고 있었다. 하지만 콩은 식물성 에스트로겐이 가장 많이 함유되어 있는 식재료 중 하나다. 이소플라본, 리그닌, 코우메스트와 같은 물질을 총칭하는 식물성 에스트로겐은 체내에서 약한 에스트로겐 작용을 하는 식물성 천연물질이다.

환경생물학자 린드세이 벅슨은 저서 『환경호르몬의 반격』에서 식물성 에스트로겐이 에스트로겐 수용체를 점령해 인체의 자연적 활동을 방해한다고 언급했다. 환경호르몬은 자연물질을 먹음으로 얻을 수 있고 이 식물성 에스트로겐 때문에 체내 호르몬 균형이 흐트러질 수도 있다는 말이었다. 그러니 자궁 근종, 자궁 내막증, 자궁 선근증, 유방암 등 여성호르몬 관련 질환 환자는 식물성 에스트로겐을 다량 섭취하지 않도록 유의해야 한다. 유방암 등 여덟 번의 여성 질환 수술을 받은 린드세이 벅슨 역시 임신 5개월이 되기 전까지는 콩 섭취를 조심해야 한다고 했다.

사실, 콩에 함유된 식물성 에스트로겐이 몸속에서 어떠한 영향을 미치는지는 다른 과학적 견해도 있었다. 일부에서는 식물성 에스트로겐이 체내에서 자연적으로 호르몬 활동에 영향을 미치지 않으며 오히려 콩을 많이 먹는 일본 여성들이 자궁 근종, 자궁암 등이 발병할 확률이 적다고 주장했다.[6] 아마 친구와 내가 포털에서 쉽게 본 많은 글들이 이를 바탕으로 작성된 것으로 보인다. 하지만 해당 논문은 인종, 비만률과 같은 다른 변수는 계산하지 않은 채 단편적인 식문화만 살펴본 채 결론을 도출했다. 과연 성호르몬 질환 발생 정도를 단순화할 수 있을지 의문이 들었다.

하나의 문제를 두고 두 개의 의견이 갈렸다. 과학도 답을 찾는 과정에 있구나 싶었다. 그런데 온라인 세계에서는 정확한 원인도 모르는 문제에 정확한 증거도 없이 정답을 제시하고 있었다. 해설이 없는 정답만을 원하는 많은 사람들의 성향을 엿볼 수 있는 순간이었다. 불확실함을 두려워하기 때문에 물음표가 있는 질문을 싫어했다. 그래서 이런 글들이 검색 사이트에 상위 노출로 걸려 있었다. 어쩌면 이런 글을 보고는 콩을 마구 퍼먹고 있는 사람이 있을지도 모를 일이었다.

유학 중인 친구에게는 불분명한 가능성에 연연하기보다는 분명한 가능성을 가까이하길 추천했다. 꾸준히 운동하고 환경호르몬 노출을 피하며 음식을 골고루 먹는, 사소하지만 꾸준하게 유지해야 하는 습관들이었다. 커피, 콜라에 들어 있는 카페인 섭취도 줄여야 한다는 내용을 포함했다.[7]

누구나가 정보의 생산자가 될 수 있는 온라인 시대에서 우리는 정보를 구별하는 습관을 길러야 했다. 의견에 의문을 가지는 것으로 시작해 오랜 시간을 두고 천천히 올바른 정보를 걸러낼 필요가 있었다. 정답이 없는 문제에 정답만 찾으려 하는 성급한 습관도 경계해야 함이 본인에게 이익이었다.

하지만 아무 이유도 알고 싶어하지 않은 채 여자 몸에 좋다는 이유로 석류즙, 달맞이꽃을 권하고 챙겨 먹는 모습이 보였다. 사람마다 건강 상태가 모두 다른데, 모두에게 좋다는 말이 뒷등을 때렸다. 진실과 의견 사이에는 증거라는 것이 필요했다. 과학에 까막눈이었던 내가 신문과 논문을 더듬거리며 찾아보고 반대되는 정보를 비교하는 것이 이러한 이유에서였다.

수술이
두렵지 않아

근종을 처음 발견했던 때가 2016년 여름이었다. 약 6.8cm, 약 3cm인 2개의 근종이 내 인생에 끼어들었다. 얼마 지나지 않아 식습관 및 환경호르몬 노출을 줄이기 위해 여러 가지 생활 습관을 개선하기 시작했다. 그리고 주치의와 처음 만났던 2017년 3월에 측정한 근종 크기는 약 7.3cm였다. 그 사이 여러 병원을 방문했지만 병원마다, 측정하는 의사에 따라 7.8cm, 7cm 등 다양한 결과가 나왔었다.

질 초음파 검사에 대한 의학적 지식이 전무했을 때에는 왜 이렇게 초음파 결과에 차이가 나는지 의문스럽고 어느 결과를 신뢰할 수 있을지 불안했다. 결국, 궁금함과 호기심이 3월 정기검진에서 터졌다. 질 초음파를 진행하던 검사자에게 이유를 물었다.

"선생님, 병원을 다닐 때마다 근종 크기가 다르게 나오던데, 왜 그런 거예요?"

"저희도 잴 때마다 매번 달라요. 크기에 너무 의존하지 않으셔도 괜찮아요."

이게 무슨 뚱딴지같은 소리일까.

동일한 검사자가 동일한 환자를 초음파 검사해도 결과가 매번 다르다니! 주치의에게 이유를 확인했다.

"선생님, 다른 병원에서는 근종 크기가 7.8cm라고 했는데, 여기서는 7.3cm라고 들었어요. 초음파 검사를 할 때마다 크기 측정이 다르게 나오는데, 괜찮은 거예요?"

"7.3cm나 7.8cm는 초음파 검사로 크게 차이가 나는 수치가 아니에요. 정확한 크기는 우리도 수술한 후 근종을 꺼내봐야 알 수 있어요."

2017년 3월에 진료를 받고 6개월 뒤인 8월에 진료를 예약한 후 돌아와 초음파 검사에 대해 알아봤다. 초음파 검사는 그림자놀이와 비슷했다. 빛의 각도, 그림자의 길이에 따라 물체의 크기를 파악할 수 있는 것처럼 초음파도 그러했다. 탐촉자라고 하는 막대기 같은 기계로 눈에 보이지 않는 음파를 몸속에 쏜다. 이후, 반

사되어 나오는 형상을 영상화시킨 자료로 질환을 파악한다. 그래서 기계의 종류, 검사를 진행하는 사람의 능력에 따라 결과가 다소 차이가 날 수도 있고, 같은 검사자가 같은 환자를 검사하더라도 오차가 생길 수밖에 없다.

일반적으로 초음파 검사로 3cm 이상의 근종을 발견했을 시 오차 범위는 약 0.7cm다.[8] 3월에 측정한 근종 크기인 7.3cm를 기준으로 보면 6.6cm부터 8cm가 오차 범위에 속했다. 6곳의 병원에서 검사한 수치들은 모두 이 오차 범위에 해당했다. 그러니 고작 몇 개월 동안 받은 몇 개의 검사 결과를 바탕으로 근종이 커지고 있는지, 작아지고 있는지 확신하는 건 어불성설이었다. 지속적으로 추적한 데이터가 오차 범위를 넘어가면 근종이 커지고 있음을 확신할 수 있는 것이다.

8월에 측정하는 검사의 결과가 근종의 운명을 결정할 수 있는 중요한 변수였다. 더군다나 근종을 관찰하기로 했던 1년이란 기간이 거의 끝나가는 시점이었다. 1년간 어떠한 변화가 내 몸에 일어났을까, 마음이 두근거렸다.

8월, 초음파 검사로 측정한 근종의 크기는 7.8cm였다. 2016년에 비해 약 1cm가 늘어 오차 범위를 넘어가는 수치지만, 2017년 3월에 측정한 결과의 측면에서는 오차 범위에 포함되었다. 근종의 크기는 작아지지 않았지만 기대 이상으로 커지지 않은 것이다.

검사 이전에는 식습관과 생활 습관을 효율적으로 조정한다 해도 근종이 빠르게 성장할 것이라고 생각했다. 성호르몬이 왕성하게 분비될 신체 나이와 유해 물질이 범람하는 환경 때문에 근종이 8.5cm 이상의 크기가 되지 않을까 걱정하기도 했다. 기대보다 작은 근종은 환경호르몬을 줄이고 생활습관을 개선하기 위해 노력했던 시간들을 보상해준 셈이었다.

덕분일까, 생리 기간에 겪었던 어려움은 다른 근종 증상보다 눈에 띄게 개선되었다. 생리를 시작하기 4일 전부터 시작한 생리전증후군 증상도 적어지고 생리통 때문에 하루에도 4알씩 복용했던 진통제를 더 이상 찾지 않았다. 생리 초반에 겪었던 구역질이나 메스꺼움도 거의 느껴지지 않았다. 근종 세포가 천천히 성장하는 것처럼 호르몬 불균형 증상도 천천히 개선되고 있었다.

이상한 소리 같지만 근종의 크기가 커졌다는 결과가 나왔어도 실실 웃음이 나오고 입꼬리가 올라갔을 것이다. 드디어 근종에 휘둘리지 않고 자유하게 된 것이다. 주치의 역시 앞으로도 이러한 방식으로 근종 크기를 추적, 관찰하자는 의견을 건넸다.

한편 즐거운 비명을 지르는 가운데에도 한 가지 고민이 있었다. 근종을 살피던 지난 1년 사이에 몇 차례 임신 시도를 했지만 성공하지 못했다. 출산을 하지 않는다면 마음 놓고 수술을 받지 않겠지만 남편의 나이는 벌써 30대 후반이었고 나 역시도 30대

초반에 들어섰다. 이제는 자녀 계획을 구체적으로 세워야 할 시점이었다.

물론 세부적인 검사를 하지 않아 임신이 안 된 까닭이 근종 때문이라는 결론을 내릴 수는 없었다. 그래서 1년이란 시간을 더 투자해 근종을 지켜보고 싶었다. 하지만 내 욕심대로 할 순 없었다. 수술을 받으면 최소 4~6개월 동안 임신이 금지되기 때문에 남편 나이 마흔 살에 첫 자녀를 가질 수도 있었다.

주어진 상황을 객관적으로 인지한 후 생각한 모든 경우의 수에서 최선의 선택은 수술이었다. 주치의 역시 근종이 임신에 방해가 된다면 수술을 받아 제거하는 편이 낫다고 추천했던 터였다.

애초부터 근종을 평생 제거하지 않겠다는 의도가 아니었다. 근종과 내 몸에 대해 알아갈 시간을 가진 후 치료 여부를 결정하겠다는 계획이었다. 그 사이 1년이 지났고, 근종과 몸에 대해 많은 부분을 이해했다. 드디어 질병에 대해 알고 싶지도, 알려 하지도 않았던 무지한 시간에서 벗어났다! 근종 제거 수술의 적절한 시점을 스스로가 판단할 수 있었기에 수술이 마냥 두려운 대상이 아니었다.

"선생님, 저희 수술도 생각하고 있어요. 가능하다면 로봇 수술이나 복강경을 받고 싶은데……."

복강경 수술은 배에 0.5~1.5cm 크기의 작은 구멍을 뚫고 특수 카메라가 장착된 내시경을 넣어 속을 보면서 근종을 제거하는 수술이다. 구멍의 개수는 환자의 상태에 따라 1개, 그 이상이 될 수도 있다. 개복 수술이 쉬운 표현으로 배를 째고 열어서 근종을 제거하는 방법이니 복강경 수술은 그에 비하면 출혈도 적고 회복 기간도 짧다. 근종의 종류, 위치에 따라 차이가 있지만 수술법 역시 안정적이다.

"만약 수술을 하신다면 로봇 복강경이 좋을 거예요. 근종 위치가 수술하기엔 꽤나 까다로운 곳에 있어요."

일반 복강경 수술은 수술 도구를 움직이는 주체가 의사지만 로봇 복강경 수술은 수술 도구를 로봇이 움직이고 로봇을 의사가 제어한다는 점에서 일반 복강경과 수술이 다르다. 로봇 복강경 수술을 시행하는 로봇 팔은 일반 복강경 수술 도구에 비해 섬세하고 자유롭다는 장점이 있다. 주치의는 이러한 특성 때문에 로봇 수술로 자궁 경부와 허리 쪽에 붙어 있는 근종을 보다 안전하게 제거할 수 있다고 설명했다. 로봇 복강경 수술은 주변 정상 조직을 건드리지 않고 정교하게 수술할 수 있어 일반 복강경 수술보다 흉터와 출혈이 적은 특성도 있다.

남편과 나는 8월 진료 후 6개월 뒤인 1월에는 정기검진을, 3월에는 로봇 수술을 예약했다. 주치의는 계획이 수정되면 언제든 수술을 취소해도 괜찮으니 걱정 말라는 말도 덧붙였다. 따지고 보면 1년만 근종을 관찰하겠다는 초기 계획을 6개월이나 연장했으니 성공적인 도전이었다.

근종 제거 수술을 받을 수밖에 없음이 안타까웠지만 근종과 함께한 여행은 세상을 보는 눈을 변화시켰다. 사고방식, 소비 습관, 생활 습관, 식습관 등 다방면에서 일상적이었던 보통의 것들을 반성하고 탐색하게 했다. 환경, 식품 산업의 구조 등 사회가 숨기고 싶어하는 많은 분야의 실체도 알아갔다. 근종을 관찰하기로 결정한 건, 살아가면서 가장 잘한 일 중 하나가 아닐까 싶다.

나를 망치러 온 줄 알았던 근종에게서 이런 변화를 맞을 거라고는 상상조차 하지 못했다. 근종을 떠나보낼 생각에 벌써 섭섭했다. 의도한 바는 아니었지만 근종을 관찰하는 사이에 정이 많이 들어버렸다.

4. 나와 지구를 위해

인간은 자연의 한계를 극복하며 진화해왔지만 여전히 자연의 흐름 속에서 존재했다. 결국 인간도 생태계의 일부분이었다.

그러니 바다 위에 떠다니는 쓰레기를 볼 때면 나도 모르게 한숨이 나왔다.

지긋지긋한
생리통

급행열차처럼 달렸던 반성 없는 일상에 근종은 브레이크를 걸었다. 나를 둘러싼 모든 것들이 당연히 완전하고 정상적일 거라는 안일한 생각을 깨부수었다. 천천히 속도를 줄여 주위를 둘러보았다. 일상적인 행동과 사고에 수많은 물음표들이 생겨났다.

'왜, 이걸 당연하게 먹었던 거지? 왜 이걸 당연하게 사용했던 거지? 왜 이걸 당연하게 참아왔던 거지?'

정신이 바짝 들었다. 개중에는 스스로도 정확한 이유를 알지 못하는 질문들이 많았다. 당연하게 여겼던 암묵적인 추정은 올바르지 않았다. 근종은 그런 면에서 굉장히 긍정적으로 작용했다.

생리통에 대한 인식도 그중 하나였다. 매달 겪는 고통이 왜 당연했던 건지 스스로도 명확하게 답할 수 없었다. 기억상으로는 초등학교 5학년, 12살 즈음부터 생리를 시작했으니 약 18년 이상 생리를 했다. 여성이 평생 40년간 생리를 한다고 보면 이제야 절반 정도를 한 셈이었다. 그 시간 동안 생리통을 겪지 않은 적이 거의 없었다.

일단 생리 시작 4일 전부터 '생리전증후군'이 시작돼 감정이 극도로 예민해지기 시작했다. 어지러움과 메스꺼움을 동반했다. 무릎이 시리다며 비가 오는 날을 기가 막히게 알아맞히시던 할머니의 관절처럼 몇몇 생리전증후군 증상들은 수일 내로 찾아올 핏빛 일주일을 예고했다.

생리를 시작한 하루, 이틀째에는 허리가 쑤시고 뻐근해 진통제가 없으면 잠을 이루기도 힘들었다. 때론 자다가도 변기통을 붙잡고 헛구역질을 했다. 어떤 날에는 회사를 조퇴하고 집에 와서 휴식을 취할 수밖에 없었다. 한번 생리를 하면 6일가량 지속되었고 온몸이 퉁퉁 붓거나 저려 시시때때로 주물러줘야 했다. 배출되는 생리혈도 많은 편에 속했기에 생리 이틀째가 되면 1~2시간 내로 패드를 교환해야 했다.

불편했다. 매우 불편했다. 그럼에도 다른 이의 몸으로 살아본 적도 없기에 나는 나의 생리통이 어느 정도의 고통인 줄 정확하게 구분하기 힘들었을 뿐 아니라, 생리통은 극복 가능한 대상이 아닌 안고 가야 하는 당연한 것으로 인식했다. 중학생 시절에는 학급 친구가 생리통 쇼크로 응급실에 실려 가기도 했으니 나 정도면 보통의 평범한 생리통을 겪는다 생각했다. 매달 겪는 절대적인 고통의 정도를 생각하기보다는 상대적인 고통에서 점수를 매기며 20대 후반까지 통증을 참았다.

언제부터 시작되었는지, 기억조차 나지 않는 생리통이 근종과 상관이 있을 거라 생각하지 못했다. 하지만 자궁만큼 큰 근종이 허리 쪽에 붙어 있다는 사실은 어쩌면 생리통으로 고생했던 많은 시간들을 설명해줄 수 있겠다 싶었다. 주치의는 나의 오래된 질문에 쉬운 답을 내려주었다.

"선생님, 제가 생리를 할 때마다 허리가 너무 아프거든요. 혹시 근종 때문일 수도 있나요?"

"허리가 많이 아프다면 근종 때문에 심해졌을 가능성이 높죠."

생리통의 원인은 크게 두 가지로 나누어진다.

첫 번째 원인은 체내에서 '프로스타글란딘'이라는 생리활성물질이 과도하게 생성되거나 작용하면서 일어나는 생리통이다. 여성의 자궁이 착상에 실패하면 두꺼워진 자궁벽이 허물어지면서 생리를 시작하는데, 이 프로스타글란딘이 자궁의 수축과 이완을

도와 생리혈이 배출될 수 있게 도와준다.

그런데 여성호르몬이 많을수록 프로스타글란딘이 많이 생산되고 체내에서 작용할 가능성이 높아진다. 그러니 환경호르몬으로 인해 여성호르몬의 활동이 많아지게 되면 프로스타글란딘의 작용도 증가하는 결과가 생긴다. 과도한 프로스타글란딘은 아랫배를 쥐어짜는 듯한 고통과 함께 장과 위 같은 기관들의 혈관과 근육을 수축시켜 생리통과 함께 구토, 어지럼증, 설사 등의 증상을 유발한다. 결국, 여성호르몬 분비와 프로스타글란딘, 생리통은 비례관계에 있다.

두 번째로는 자궁 근종, 선근증, 자궁 내막증 등과 같은 여성 질환의 영향으로 생리통이 심화되는 경우다.

결국, 후천적이든 선천적이든 성호르몬 불균형은 생리통이 생기고 근종이 커지는 데 영향을 미쳤을 가능성이 높다. 그럼에도 통증과 불편함, 비정상적인 것을 지극히 정상이라 여기며 참는데 급급했다. 나의 몸은 생리통에 서서히 잠식당하고 있었다. 이러다 호르몬 불균형이 목구멍까지 차오르고 내 온몸을 지배하기까지는 시간문제일지도 모른다는 상상을 했다.

'나라고 안 될 건 없잖아.'

원인을 알고 나니 오히려 반항심이 생겼다. 어쩔 수 없다며 문제를 해결하려 시도조차 하지 않는 건 백마 탄 왕자만을 기다리는 동화 속 공주님과 다를 바가 없었다. 생리통을 줄이겠다는 결심을 이행할 명분은 고심하지 않아도 충분했다. 표현 그대로 잘 살고 싶기에 생리통을 끊어내고 싶었다. 개인의 삶이 생리통으로 좌지우지된다는 건 너무나 불공평했다. 그러니 완벽하게 생리통을 없애긴 힘들지 모르나 통증을 완화시키겠다는 의지를 다졌다. 생리를 하는 기간 동안의 삶의 질, 생리 라이프를 편안하고 안락하게 만들겠다는 믿음을 되새겼다.

천국 같은
생리 라이프

    결론부터 이야기하자면 최근에는 생리통의 정도가 절반 이하로 떨어졌다. 압축적으로 말해 마치 마법을 부린 것처럼 보일 수도 있으나 지난 20번 이상의 생리를 관찰하면서 발견한 느린 변화였다. 생리통을 줄이는 것은 어렵지는 않았으나 간단한 일은 아니었다. 아주 긴 터널을 지나가듯 오랜 인내심이 필요한 과정이었다.

    요즘에는 생리를 시작하기 3~4일 전부터 시작되는 생리전증후군을 거의 느끼지 못한다. 새벽녘이면 일어나 변기를 붙잡고 꺽꺽 하던 구역질도 하지 않는다. 끊어질 것만 같던 허리 통증도 급감했다. 매일 4알 이상씩 먹었던 진통제도 점차 줄어 때론 한 알의 진통제도 복용하지 않고 생리가 끝날 때도 있다. 이제는 생리

기간 중에도 운동을 하고 일상생활의 제약을 받지 않을 만큼 생리통에 휘둘리는 일들이 줄어들었다. 생리 기간에도 생리를 하지 않는 일상과 점차 유사해졌다.

"이제 와서 이야기하지만 당신 생리통이 나아져서 너무나 고맙고 기뻐."

생리를 시작하던 어느 날, 남편이 말했다.

하나뿐인 아내가 극심한 통증을 호소하지 않을 만큼 건강해져서 기쁘다는 소리였을까? 그간 마음을 많이 졸인 건가? 괜히 가슴이 뭉클해졌다. 매달 나의 고통을 나누지 못해서 많이 걱정되고 미안했던 게 분명했다.

"사실 네가 생리를 하기 3일 전부터 긴장하고 있어야 했거든. 얼마나 힘들었는지 몰라, 하하하."

아! 크게 착각했다. 물론 남편은 아내인 내가 생리통으로 고통스러워하는 모습을 안타까워했다. 침대에 누워 있는 나를 쓰다듬으며 그 아픔을 동감하지는 못해도 이해할 수 있다고 말했지만 때론 본인도 통증을 호소하는 나의 감정을 받아들이는 데 힘들었던 것이다. 그도 그럴 것이 평소라면 장난처럼 넘어갈 농담에도 생리 기간에는 예민하게 반응했고 짜증을 부리기도 했다. 별거 아닌 일이 싸움으로 번져 남편에게 소리를 지르고 가시 돋친 말을 뱉을 때도 있었다. 그 와중에도 남편은 진통제를 사기 위해 약국을 전전했으니 힘이 들 만도 했을 게다. 그 모습을 회상하니 미안한 마음이 불쑥 들었다.

"맞아! 그래서 많이 미안했는데, 다행이야. 그치?"

기대와는 다른 답변이 당황스럽기는 했지만 남편 말이 옳았다. 생리통은 나에게만 문제가 아니라 주변 사람들에게도 피해를 주고 있었다. 모두에게 예민하지 않으려 노력했다는 건 착각일 수도 있었다. 지인이나 친구, 동료 같은 주변인들에게는 가능한 만큼 예민한 상태임을 알리고 조심하려 했지만 남편과 같이 가까운 사람들에게는 나도 모르게 본성이 나왔다. 그걸 다 이해하려 노력했던 것만으로도 고마운데 수년씩 참아줬으니 절을 해도 부족할 지경이었다. 통증이 극감하여 생리통을 겪던 당사자도 이렇게 행복한데 그를 지켜보는 주변 사람은 얼마나 좋았을까. 통증이 줄어든 생리 라이프는 소중한 관계를 지키는 데도 큰 도움이 되었다.

획기적으로 생리 라이프가 변화하게 된 몇 가지 이유들을 나눠보자면 이렇다.

우선적으로 일회용 생리대를 면 생리대로 교체했다. 생리 자체의 고통도 있었지만 일회용 생리대의 불편함이 컸다. 농담을 주고받을 정도로 친한 남성들에게는 오래전부터 "죽기 전에 꼭! 생리대는 한 번씩들 사용해보도록!"이라고 말할 정도였으니 말이다.

나는 일회용 생리대를 사용하는 일주일 동안은 아랫도리가 불에 타는 듯 아팠다. 생리대의 표면이 피부와 마찰하면서 피부가 점점 붉게 달아올랐고 간지러웠으며 얼마 지나지 않아 헐었다. 생리가 끝날 무렵에는 피부가 헐어서 피가 나는 건지, 생리 때문에 피가 나는 건지 헷갈릴 만큼 따가웠다. 생리통엔 이러한 피부 질환도 포함되어 있었다. 원통형 모양으로 질에 삽입하는 탐폰형 생리대도 사용해봤지만 생리혈이 시도 때도 없이 샜다.

그러나 면 생리대를 착용하면서는 피부가 간지럽고 붉게 달아오르는 변화를 신기하게도 거의 겪지 못했다. 착용한 느낌이 속옷처럼 가볍지는 않았지만 사용할수록 편안해졌다. 생리혈로 붉게 물든 면 생리대를 세탁할 때에는 나와 남편이 몸을 닦고 그릇을 씻는 물비누로 초벌 세탁을 한 후, 베이킹소다와 과탄산소다를 녹인 물에 하루 정도 담가놓았다. 생리대에 남아 있던 핏물이 자연스럽게 빠져나오면 깨끗하게 헹궈 햇빛이 잘 드는 곳에 말렸다. 그럼 언제든 재사용이 가능했다. 돌돌 말아 버리면 끝인 일회용 생리대에 비하면 다소 귀찮거나 불편한 부분도 있었지만 반대로 생각하면 일회용 생리대가 필요 이상으로 편리한 것일 수도 있었다. 일상에 편리한 것이 도처에 넘쳐나니 보통의 것들이 익숙하지 않고 불편해지는 역설이었다.

두 번째로는 찜질기였다. 생리통 때문에 침대 밖을 나오지 못하는 나를 보더니 남편이 주문해준 것이다. 야심 차게 찜질기를 꺼내는 남편에게 처음에는 전기장판에 불을 올려두고 올라가 있는 거랑 다르지 않겠다며 괜한 돈을 쓴 거라고 타박했었다. 그런데 이 찜질기가 생리 라이프를 개선하는 데 가장 혁혁한 공을 세울 줄 누가 알았겠는가. 생리통이 심할 때 뜨끈하게 온도를 올린 찜질기를 배와 허리에 올려두면 복통과 요통을 포함한 생리통이 혁신적으로 줄었다. 뻣뻣했던 허리와 부풀어 오른 배는 한껏 부드러워졌고 생리 기간마다 복용했던 진통제를 1/3로 줄일 만큼 효과적이었다.

실제로 찜질은 수축된 혈관과 근육을 이완시켜 혈액순환이 잘되게 만든다. 그러니 생리혈의 배출이 효율적으로 되면서 생리통이 줄어들게 된다. 생리통을 호소하는 일부 여성들을 대상으로 한 실험에서도 찜질이 진통제의 일종인 이부프로펜을 이용하는 것만큼 효과가 있음을 밝혀냈다.[1] 한 번의 찜질이 한 개의 진통제를 줄여주는 셈이었다. 이제는 생리 기간이 되면 아예 찜질기를 복대처럼 차고 다닌다. 면 생리대보다 더 중요한 생리 라이프 필수품이 되어버렸다.

면생리대

+

짐질기　　　진통제

+

천국 같은 생리라이프

그럼에도 생리통이 심하다 싶으면 망설이지 않고 진통제를 복용했다. 단, 정해진 복용 가이드라인을 지켰다. 일단 아스피린, 아세트아미노펜, 덱시부프로펜 등 다양한 성분이 있는 진통제를 먹고 어느 성분이 나에게 효과적인지 반응을 살펴보았다. 신기하게도 통증이 줄어드는 시간은 물론 통증이 감소되는 양도 약마다 차이가 났다. 사람마다 효능도 달라 덱시부프로펜, 이부프로펜이 함유된 진통제가 효과적이라는 지인과는 달리 나는 아세트아미노펜이 함유된 진통제가 생리통을 가장 빨리, 많이 줄여주었다.

근종의 성장을 빠르게 하는 생활 습관은 생리통을 심화시켰다. 그래서 생리통과 근종을 악화시킨다고 알려진 카페인 음료도 특별한 경우가 아니면 마시지 않았다. 무엇보다 환경호르몬을 포함한 유해 물질이 체내에 축적되지 않도록 노력하는 습관이 생리통을 가장 크게 줄여준 원인이라 말하겠다. 그러니 아주 느렸지만 분명하게 내 몸은 좋은 방향으로 변해가고 있었다.

근종의 성장이 멈추기 힘든 것처럼 하루아침에 생리 라이프가 획기적으로 개선되는 요행은 존재하지 않았다. 특별한 약과 유달리 비싼 치료를 받은 것도 아니었다. 1년이 넘는 시간 동안, 이것저것을 시험하면서 내가 편안하게 생리 라이프를 보낼 수 있는 방법들을 찾는 데 노력했다. 누구나 할 수 있는 보편적인 일을 꾸준히 했을 뿐이었다.

덕분에 생리는 한 달에 한 번, 몸 상태를 체크할 수 있는 중간 검사 같은 기간이 되었다. 꾸준히 운동을 하며 식습관 개선과 유해 물질을 피하기 위해 생활 습관을 유지하는 등의 일련의 과정들이 잘 이뤄진 달은 생리도 가뿐한 편이었다. 그러다가 자칫 방심하면 몸은 다시 통증을 호소하며 '똑바로 해라!' 경고를 날렸다.

예민해졌다는 건 불편한 일이 아니었다. 즉각적인 몸의 반응을 관찰할 수 있다는 것은 건강과 삶의 질을 개선할 수 있는 기회가 더 많아짐을 의미했다. 그러니 어김없이 나를 위해 수고하고 있는 몸의 구석구석이 더 귀중하게 느껴졌다. 몸속에 있던 혈관이 터지고 살점이 떨어져 가는 과정은 경이롭기까지 하다. 이를 관찰하는 건 감히 말하건대 여성이 가진 특권이다.

일회용 생리대는
악당?

    면 생리대 사용을 시작한 지 6개월이 넘었을 즈음부터 우리가 마트에서 평소 쉽게 구입 가능한 다양한 종류의 일회용 생리대에서 벤젠, 핵산, 스타이렌 등 '휘발성 유기화합물'이 검출되었다는 내용의 기사가 쏟아졌다. 휘발성 유기화합물은 자동차, 페인트 등에서 뿜어져 나오는 합성물질로 끓는점이 낮아 대기 중으로 쉽게 증발되는 화합물을 말한다. 문제는 이런 휘발성 유기화합물에 고농도 또는 장시간 노출되면 발암이나 신경, 근육에 장애를 일으킬 가능성이 있다는 점이다.

    당장 화장실 한편에 있던 일회용 생리대 포장지를 꺼내 읽었다. 미국에서 인증받은 면을 사용했다느니, 피부에 부드럽고 안

심할 수 있다는 그럴싸한 문구들이 쓰여 있었다. 마케터라는 직업 덕분에 광고의 환상을 의식적으로 의심하는 나로서는 포장지에 그려진 포근한 이미지와 글이 반갑지만은 않았다.

그 이유를 말하기 전에 나의 특성에 대해 조금 더 말하자면, 나는 타고난 본성이 모나고 예민하다. 시비쟁이 성격을 백분 활용하여 서비스와 상품의 단점, 한계점을 일부러 찾아내는 직업을 가진 천운에 감사했다. 틈을 잡는 동시에 대중이 광고의 어떤 요소에 끌리는지 파악하기 위해 집중하기도 한다.

그런 의미에서 내가 보았던 채도가 낮은 분홍색의 일회용 생리대의 패키지는 안정감과 부드러움을 느끼기에 충분했고 포장재에 적힌 몇 가지 특징에서 생리대의 안전성과 편안함, 편리함을 유추할 수 있었다. 하지만 플라스틱 소재 성분들은 눈에도 보이지 않는 작은 글씨로 적혀 있었고, 그 어디에도 인체에 유해할 가능성이 담긴 표현은 찾기 힘들었다.

그러니 생리대에서 유해 물질이 발견되었다는 기사에서 배신감을 느꼈던 많은 사람들의 마음이 충분히 이해되었다. 열정적으로 '물 한 방울 손에 안 묻히게 할게!'라며 프러포즈하는 이성에게 믿음과 신뢰를 주지 않을 사람이 어디 있겠는가. 시간이 지날수록 생리대에 함유되어 있는 유해 물질에 관한 기사는 끊이지 않았다.

시비 본능이 또 마음을 비집고 올라와 생리대를 찢고 커피를 쏟아부었다. 자그마치 15년 이상을 매달 사용했음에도 생리대의 속을 본 것은 처음이었다. 그런데 어찌하여 단 한 번도 생리대를 관찰할 생각조차 못 했을까.

홈페이지에 나와 있는 정보에 의하면 해당 생리대의 전 성분 대부분이 석유 화학물질에서 추출한 플라스틱 계열이었다. 2018년도 10월부터 생리대도 전 성품 표시 의무 대상에 포함되었기에 쉽게 찾을 수 있는 정보였다. 생리대의 겉면, 속면, 방수층마저 열가소성 플라스틱이 사용되지 않은 곳이 없었다.

커피를 부은 흡수층을 뒤집어 살피니 마른 상태에서 보이지 않았던 고분자 흡수층 알갱이들이 마치 개구리알처럼 군데군데 보였다. 새지 않아 안심이라는 표현은 생리대 흡수층에 들어 있는 이 고분자 흡수층 때문이었다. 그 옆에선 생리혈 흡수를 돕는 면상 펄프가 먼지처럼 뿌옇게 눈앞에 흩날렸다. 일회용 생리대를 만드는 주요 물질이 석유에서 오는 합성물질인데, 100% 안전하다고 장담할 수 있을까?

그러나 일회용 생리대가 생리대 자체로서 여성 질환을 유발한다는 명백한 인과관계는 아직 찾을 수 없었다. 단지, 플라스틱 생리대가 피부 질환을 야기할 수 있다는 연구를 발견했을 뿐이었다.[2] 아직 연구가 활발하게 진행이 이루어지지 않은 것인지, 어느 이익 단체로 인해 연구가 진행이 되지 못하는 것인지 알 수는 없었다.

일회용 생리대에서 검출된 휘발성 유기화합물도 아직 물음표가 많았다. 유해 물질은 정확히 어느 소재에서 유발되었는지 확인되지 않았다. 어쩌면 생리대 소재에서 나오는 것이 아니라 제조 과정에서 유해 물질이 유입된 것일지도 모른다. 또, 여성 음부의 물질 흡수도가 팔꿈치에 비해 높다 하더라도 일회용 생리대의 휘발성 유기화합물이 체내에 어느 정도 유입되는지 아직 증명되지 않았다. 여성 질환에 악영향을 끼칠 만큼 위험한지를 나타내는 임계값도 아직 마련되지 않았다. 일회용 생리대가 여성 건강에 미치는 영향이 어떠한지 정확하게 파악하기 위해서는 아직 많은 실험이 필요한 듯 보였다. 물론 증명된 바가 없다고 해서 안전하다는 건 아니다. 그러나 생리통이 단순히 일회용 생리대 때문에 생기거나 악화된다는 연결은 섣불렀다.

생리용품에 관해서는 개인의 실험이 중요했다. 일회용 생리대를 면 생리대로 교체한 후 모든 여성의 생리통이 극감하지는 않았다. 큰 변화를 느끼는 누군가도 있었지만 큰 변화를 느끼지 못한 누군가도 있었다. 누군가는 오히려 통증이 심해졌다고 했다. 사람마다 체내 반응이 다르기 때문에 면 생리대, 일회용 생리대, 생리 컵 등 어떤 종류의 제품을 사용한다고 해서 생리통이 급진

적으로 줄어들거나 늘어나는 구분을 짓기는 더욱 어려웠다. 최근
에는 아주 안전하다고 생각되던 실리콘 소재의 생리 컵에서도
독성 쇼크가 유발될 수 있다는 사례도 보고되었다.[3]

결론적으로 프탈레이트를 포함한 환경호르몬이 호르몬 질환
은 물론 생리통마저 악화시킬 가능성이 높다는 연결고리가 더욱
뚜렷하게 보였다. 그렇게 보면 화학물질을 원료로 하는 다방면의
것들로부터 노출을 줄이는 편이 여성 건강을 지키는 데에는 가장
효과적이지 않을까 생각한다. 일회용 생리대는 그중 하나일 뿐이
었다. 아, 불확실한 것들이 범람하는 세상에서 느낌표와 마침표
로 끝나는 명제를 찾기란 참으로 어려운 일이었다.

유해 물질을 완벽하게
피하는 방법

여느 부부처럼 남편과 한참 대화를 나누며 교외로 드라이브를 가던 날이었다. 우리의 대화 주제는 여러 가지를 거치다 결국 환경호르몬을 포함한 유해 물질로 넘어갔다. 한참 침대에서 라돈이라는 발암성 유해 물질이 나온다는 기사가 대한민국을 뒤흔들던 때였다. 이제 이에 관해 이야기하는 건 일상적인 일이 되었다. 오히려 근종보다 그에 대한 이야기를 더 많이 하게 되었다.

"라돈이 침대에서 나오는 것도 정말 큰 문제지만, 유해 물질이 나오지 않는 상황에서 살기는 불가능할걸?"

"피할 수 없다고?"

"응. 라돈이 나오지 않는 침대를 사용하지 않는다고 해도 방사성 물질은 물론 유해 물질이 너무나 많으니까. 건물이나 땅에서도 라돈이 나오고 자동차 매연에서는 중금속이나 탄화수소가 나오잖아. 심지어 어떤 청바지에서는 환경호르몬이 검출되기도 하는걸."

"백날 환경호르몬과 유해 물질을 피하려고 해도 끝이 없네. 끔찍할 지경이야."

"존재 자체도 나쁘긴 한데, 이런 것들이 어떤 상황에서 체내로 얼마만큼 유입되는지가 결정적으로 중요하지."

"생각하면 생각할수록 내가 근종이 생긴 이유엔 환경적인 요인이 큰 것 같아."

"그럴 가능성이 높지. 호르몬이란 게 워낙 외부적 환경에 영향받는 요소들이 많으니까."

우리는 우리 생활 곳곳에 환경호르몬을 포함한 유해 물질이 포진하고 있다는 사실을 인정할 수밖에 없었다. 대기 중 미세먼지와 중금속 농도는 기준치 이상으로 나빠 숨 쉬거나 걷는 등 일상적인 일들이 더욱 위협받고 있다. 창문을 열어 환기를 하고 이불을 터는 풍경 역시 조금씩 사라져 갔다. 뉴스에선 일상생활에서 당연하게 사용했던 생활용품들도 유해 물질을 품고 있다는 소식이 매일같이 흘러나왔다.

개인을 둘러싼 환경에서 야기되는, 개인의 노력으로 극복하기 힘든 유해 물질 문제가 심각해졌다. 주변에서 아주 흔히 보이는 통조림 하나만 살펴봐도 그랬다. 산업화가 본격적으로 시작되고 자본주의가 세계의 주류가 되면서 기업은 이익을 극대화하기 위해 생산력을 최대화시키거나 새로운 상품을 만드는 데 집중했고 현재도 집중하고 있다. 토마토 통조림 하나를 만들기 위해서라도 살충제를 뿌리거나 유전자 조작을 가해 대량생산한 토마토를 사용한다. 그러곤 공장에서 철을 성형해 만든 캔 속에 담는다. 그 캔에는 한 달이라도 유효기간을 늘리기 위해 화학물질이 코팅되어 있다. 혹은 또 다른 유해 물질이 묻어 있을지도 모른다. 저렴한 가격의 화학물질은 상품의 유통기한을 늘려 재고 부담을 줄여주며 기업의 이익을 높여준다. 그럼에도 국가에서 관리하는 별도의 기준이 없으면 그 상태 그대로 유통된다. 오늘날까지의 보편적인 기업의 모습이다.

사람 나고 돈 났지, 돈 나고 사람 난 건 아니지 않은가. 돈 벌겠다고 기업이 물건을 파는 거지만 소비자는 실상을 속속들이 알기 힘들다. 사고자 하는 물건이 어떻게 만들어지고 어떤 물질을 생성시키며 환경과 인간에게 어떤 영향을 미치는지 말이다. 그러니 유해 물질을 판단하고 선택적으로 제품을 구입하기는 한계가 있다. 제품 설명에 쓰인 '무첨가' '친환경' '무검출'이란 번지르르한 용어만 보고 구입할 수밖에 없다.

과연, 이마저도 진실일까 의심스러웠다. 생활에서 가장 근접한 물건들을 그럴싸하게 포장한 과장과 거짓이 벗겨질 때마다 뒷목이 서늘했다. 나와 같은 보통의 사람들은 가장 중요하다고 믿었던 보편의 가치를 여러 차례 배반당했다. 일상생활에 사용되는 화학물질이 공포스럽게 느껴지는 케미컬 포비아가 생기는 까닭이었다.

평소 내가 제일 무서움을 느끼는 물질은 생활 곳곳에서 사용되는 플라스틱이었다. 어떠한 형태로든 변형할 수 있는 유연성과 튼튼하고 질긴 내구성 덕분에 플라스틱이 사용되지 않는 물건을 찾기 힘들 정도다. 하지만 플라스틱의 어마 무시한 장점은 동시에 단점이 되기도 한다.

신경 생물학자 조지 비트너 교수는 '대부분의 플라스틱은 에스트로겐 활성을 하는 화학물질을 배출한다'고 밝혔다. 심지어 BPA가 없다고 말하는 플라스틱의 90% 이상에서 다른 종류의 에스트로겐 활성을 하는 화학물질을 찾을 수 있고, 플라스틱 코팅이 되어 있는 스테인리스, 실리콘, 라텍스도 에스트로겐 활성물질을 배출했다. 환경호르몬의 대표적인 악당으로 상징되는 프탈레이트와 BPA는 공식적으로 환경호르몬으로 분류되는 약 100여 종의 합성물질 중 하나일 뿐이었다.

어떤 소재의 물건들이 많은지 주위를 둘러보았다. 압도적으로 플라스틱이 많았다. 아니, 플라스틱이 사용되지 않는 곳이 없었다. 각종 소스를 담은 유리 용기 뚜껑에도 플라스틱 코팅이 되어 있었고, 야채도 플라스틱 비닐봉지에 담겨 팔렸다. 입고 있는 옷도 플라스틱 섬유로 만들어졌고 양치질을 하는 칫솔도 플라스틱이며 매일 몸을 씻는 물비누 역시 플라스틱 용기에 담겨 있었다. 매일 마시던 물도 플라스틱 생수통에 들어 있었다. 자동차 연료 탱크, 연료 호스 등 보이지 않는 내부 부품도 사정은 마찬가지였다. 거실에 놓인 의자에도 플라스틱 인조 가죽이 덮여 있었고 매일 잠을 자는 침대도 플라스틱으로 만들어졌었다. 말 그대로 플라스틱 없는 생활을 상상할 수 없을 만큼 플라스틱 공화국이었다.

발전된 문물의 혜택을 톡톡히 받고 살았기에 이것들의 필요성과 중요성을 부정하고 싶지는 않았다. 하지만 말 그대로 먹고, 마시고, 자고, 씻는 일상에서 환경호르몬을 포함한 유해 물질에 뒤덮여 산다고 볼 수 있었다. 그러니 생리대 하나, 침대 하나를 바꾼다고 해서 유해 물질의 노출이 급격하게 감소될 리 만무했다.

실제로도 환경호르몬을 포함한 유해 물질을 완벽하게 피하기는 불가능에 가까웠다. 유해 물질이 검출되지 않았다며 대대적으로 상품을 홍보하는 기업의 마케팅은 환상적인 신기루에 가까움을 인정해야 했다. 새로운 물건들을 사지 않거나 유해 물질이 함유된 상품을 사용하지 않는다고 하더라도 공기, 지하수, 식재료 등, 눈에 보이지 않는 유해 물질에 노출될 수 있었다.

언제, 어디서나 유해 물질은 존재했고 일상생활 속에서 우리 몸속으로 노출되는 환경호르몬은 파악할 수 없을 정도로 많았다. 단지 '유해 물질의 양이 적냐, 많냐, 얼마큼의 영향을 주냐'의 차이일 뿐이다. 역시나 이 세상엔 완전하고 완벽한 것은 존재하지 않았다.

공장에서 공정이 끝난 지 얼마 안 되는 물건이 내 주변에 많으면 많을수록 노출되는 유해 물질은 늘어갔다. 새로운 물건들을 많이 사용할수록 유해 물질에 노출될 가능성이 높아진다는 의미였다. 완벽하게 유해 물질이 없을 거라 생각하는 신상 면 생리대도 구입 후 빨지 않고 사용한다면 일회용 생리대보다 더 많은 유해 물질이 나온다. 그러니 꼭 필요하지 않은 물건들을 사고 쓰지 않는 물건들이 방 한편에 쌓여가는 모습을 바라보자니 마음이 껄끄러웠다. 유행이 지나 촌스럽다고 입지 않았던 옷들, 신장개업 행사 덕분에 공짜로 얻은 플라스틱 밀폐 용기, 슈퍼마켓에서 하나씩 받아온 검정 비닐봉지 등 내가 과연 이 많은 물건들을 얼마큼 사용할 수 있을까?

소비 패턴과 환경을 개선하지 않으면 환경호르몬을 포함한 유해 물질 문제의 사이클을 끊어낼 수 없다는 판단에 이르렀다. 얼마 전까지만 해도 근종과 함께 건강하게 살기 위해 유해 물질을 피하고자 노력했다.

하지만 단기적이고 일시적인 개선으로 느껴질 뿐 지속적인 문제점이 보이기 시작했다. 오늘 산 물건이 분명 내일의 쓰레기가 되어 소각되거나 매립될 것이다. 내일 살 물건은 만들어지는 과정에서 다양한 오염물질을 오늘 내보낸다. 끊임없이 돌아가는 톱니바퀴를 멈추지 않으면 그것들은 나에게만 해를 끼치는 게 아니라 내 자식, 그 자식의 손주를 아프게 할 수도 있다. 결국 적은 물건을 오래 쓰는 게 가장 좋은 방법이었다.

미니멀리스트가
되자

30여 년의 인생이지만 돌아보면 전반에 걸쳐서 완벽해야 한다는 강박 속에서 살았다. 학창 시절에는 지식의 진정한 의미를 찾기보다는 100점에 가까운 시험 점수를 받기 위해 공부했다. 대학을 졸업할 때쯤에는 어떤 일을 하고 싶은지 고민하기보다는 누구나 알 만한 기업에서 좋은 연봉과 안정적인 대우를 받기 위해 자기소개서를 썼다. 모든 이들에게서 사랑받는 여자가 되기 위해 매일 한 시간을 투자하여 머리를 꾸미고 화장을 했다. 억지웃음은 말해 무엇 하나. 더 나은 삶을 위한 목표라고 말한다면 그럴싸하게 들리지만 썩 즐거운 인생이 아니었다.

개인의 만족감이 아닌 타인의 기준을 완벽하게 충족시켜야 삶이 완성된다고 믿었으니 진정성이 있다고 보기도 힘들었다. 가족, 친구, 학급, 나이, 성별로 구분되는 유사 집단에서 비교 우위에 있어야만 인정받는 삶을 산다고 믿었다. 더 나은 직장, 연봉, 연인, 외모 등으로 외부인들은 나라는 사람을 평가했다. 누군가의 기준을 충족하지 못하면 그 평가는 주로 부정적이었다.

겉모습도 마찬가지였다. 유행에 맞는 예쁜 원피스와 귀고리, 높은 구두를 신으면서 누군가에게 세련된 여성이라는 평가를 받길 기대했다. 심심하면 커피 한잔하자는 핑계를 대며 친구들과 쇼핑을 했고 더 많은 물건들을 사들였다. 그럼에도 해가 지나서 옷장을 열면 '작년엔 도대체 뭘 입고 다녔던 거야'라고 혼자 되뇌었다. 홈쇼핑이나 인터넷 쇼핑에서 주문한 상품 하나면 내 인생의 질이 수직 상승할 것만 같은 착각을 반복했다. '인간의 욕심은 끝이 없고 같은 실수를 반복하지'라는 인터넷 농담은 철학자의 명언과 다를 바가 없었다. 상품을 사고, 또 사면서 새로운 물건들은 넘쳐나지만 사용할 만한 것들은 없고 내 인생은 여전히 완벽하지 못하다고 생각했다.

이에 대해 약간의 진실이 담긴 핑계를 대자면 이렇다. 텔레비전과 휴대폰, 영화관, 길거리에서 보이는 각종 광고는 '이 물건을 사 봐. 네 삶이 더 멋지게 변할 거야'라고 속삭인다. 멋진 연예인이 찍은 화보는 눈이 부실 정도로 화려하고, 일반인들의 실제 리뷰라며 올라오는 동영상에는 과도한 리액션이 넘쳐흐른다. 형태는 다르지만 소비자로 하여금 삶이 지금보다 우아하고 편리하며 완벽해질 수 있다는 희망을 준다. 지금 가지고 있는 그 물건은 이미 유행이 지났다는 이미지를 심든지, 한 끗 차이로 더 좋은 기능의 물건을 소개하며 상품의 계급을 부여하고 소비를 부추긴다. 더 많은 물건, 더 새로운 물건을 사는 욕망을 채워나가면 삶이 더 완전해질 수 있다는 이미지를 판매한다. 회사의 물건과 서비스를 판매하기 위한 마케팅 전략이 그런 것이다.

작가 알랭 드 보통이 세운 인생 학교, The school of life에서 출판한 『위대한 사상가』에서는 자본주의 산업에 대해 이렇게 말했다.

'자본주의가 대중을 조작하는 수단인 광고는 우리의 진정한 갈망을 이용해 물건을 팔고, 그 물건들은 우리를 더 가난하고 피폐한 심리 상태에 빠뜨린다.'

나는 누군가로부터 앞서 나간다는 평가를 받기 위해, 계급에서 뒤처지지 않기 위해 상품과 브랜드의 이미지를 소비했다. 그런 활동들로 완벽에 가까워질 수 있다는 착각에 빠지기도 했고 물건을 사는 걸로 행복을 살 수 있다고 생각했다. 그렇다. 마케터임에도 이런 심리 조작에 허우적거린 적이 많음을 양심 고백한다. 동시에 생산 과정에서 발생하는 오염물질, 상품에서 나오는 화학물질 같은 부정적 사실들을 보고도 별로 개의치 않았다.

하지만 나의 삶을 깨끗하고 예쁘고 효율적이며 완벽하게 만들어줄 거라 생각했던 더 많은 물건은 전혀 삶의 질을 개선시켜주지 않았다. 오히려 해가 되어 돌아왔다. 곰팡이 제거에 탁월하다는 세제를 사용할 때에는 나까지 녹아내릴 만큼 유독한 가스에 콜록거리며 기침을 했다. 매일 운동하겠다며 산 운동기구는 플라스틱 냄새가 진동을 해서 잠시 베란다에 두었다가 사용하지 않은 채 버려졌다. 유행하는 가구에는 독성물질이 검출되었다며 연일 리콜이었다.

'과연 이 물건들이 나를 행복하게 만드는가?'

환경호르몬을 포함한 유해 물질을 줄이려는 노력에서 계속적으로 떠오른 의문이었다. 멀리서 바라본 세상은 물질적으로 풍요로워 보였으나 가까이서 보면 비극이었다. 무언가의 본질을 꿰뚫어보는 통찰력이 피폐할 정도로 부족했다.

그렇다면 마트와 백화점에 있는 많은 물건들이 살아가는 데 모두 필요할까? 더 적은 물건으로도 더 행복하게 살 수 있음을 스스로에게 증명하고 싶었다.

우리 가족은 그 첫걸음으로 물건을 적게 사기로 했다. 혹시나 불편함이 생긴다 하더라도 나중에 고민하기로 했다. 지레 겁먹어 발을 동동 구르기보다는 일단 저질러보는 것도 방법이었다.

물건 하나를 살 때에도 이리 둘러보고 저리 둘러보며, 이 물건이 집에 들어온 다음의 풍경을 상상했다. 며칠 전에 방문한 쇼핑몰에서도 사고 싶었던 와인 잔이 있었다. 쇼핑몰에는 크리스마스를 맞이하여 입술이 닿는 림 부분이 금색으로 둘러진 고급스러워 보이는 샴페인 잔을 전시해두었다. 중국산이라 가격도 저렴했다. 나도 모르게 "저기다 샴페인을 따라 마시면 참 좋겠다" 하고 중얼거렸다고 남편이 말한 걸 보면 꽤나 마음에 들었나 보다. 시선을 확 사로잡는 그 모양새에 와인 잔을 만지작거리며 '살까, 말까'를 고민했다.

하지만 이미 집엔 가볍게 즐기기 좋은 수준의 샴페인 잔들이 있었다. 길쭉하고 평범한 디자인이긴 하나 샴페인을 담으면 소리도 좋고 색도 잘 보이고 향도 잘 느껴지는 쓸 만한 잔이었다. 예전이라면 고민도 하기 전에 계속 사기부터 했을 게 뻔했지만 이제는 나름의 심오한 판결을 내리는 단계가 추가되었다.

'과연 이 잔을 산다고 해서 얻게 되는 만족감은 얼마나 지속될 것인가!'

순간적으로, 이 와인 잔을 하나 사면서 덤으로 얻는 종이 박스 포장지, 비닐과 스티로폼 내부 포장지가 떠올랐다. 결국 분리 배출하기 위해 또 다른 시간과 노동력을 허비해야 하는 것까지 고려

하니 '아니야. 안 사는 게 훨씬 나아'라는 말이 절로 나왔다. 새로운 물건을 산다는 건 물건의 이미지, 편리함을 소비한다는 것과 동시에 만들어지는 과정에서 생기는 오염물질, 버리는 과정에서 생겨날 수 있는 에너지 소비까지 고민해야 하는 작업이었다.

'미니멀리스트'라는 표현이 한동안 유행이었다. '행복한 인생을 위해서 미니멀리스트가 되자'는 콘셉트의 책이 서점가엔 크리스마스 장식처럼 넘쳐났고 텔레비전엔 이를 소재로 하는 프로그램이 연이어 방송되었다. 많은 사람들이 가진 비슷한 고민이 잠에서 깨어나 수면 위로 떠오른 것이었다.

그런데 많은 매체들이 미니멀리스트의 삶을 위해 필요한 아이템을 소개하면서 또 다른 종류의 소비 방식을 안내하는 게 아닌가. 의아하지 않을 수 없었다. 최소한의 것들로 삶을 꾸리면 행복하다는 말을 전하면서 고무장갑을 거는 집게를 소개하고 자질구레한 물건들을 정리하라며 수납 용품을 권했다. 장바구니를 사용하라며 에코백을 사라고 부추기는 내용도 보았다.

나는 시간이 지날수록, 집에 있는 많은 물건들을 안 버리더라도 새로운 물건을 안 사려고 노력하는 편이 더 미니멀리스트답다고 느꼈다. 소비에 관해 스스로가 정한 규칙을 완벽하게 따르지 않아도 당연하다고 여기던 편리와 욕구를 조절할 줄 아는 통제력이 미니멀리스트의 덕목이었다. 그리고 그것은 무언가 의미 있는

일을 하겠다는 의지에서부터 시작했다. 그 과정에서 필요한 것이 통찰력이며 실행력이다. 한때 유행했던 영화의 명대사 '도대체 뭣이 중헌디!'처럼 중요한 것이 무엇인가 고민하는 것 말이다.

참새 방앗간이었던 쇼핑몰에서 물건을 안 사고 지나가기란 무척 힘들었다. 하지만 지금 사려는 물건이 일상을 획기적으로 바꿔주지 않음을 지속적으로 생각하고 또 생각했다. 완벽하게 살고 싶은 욕심을 통제하는 습관을 만들기 위해 노력한 것이다.

'좀 불편하면 어때!'
'대충 살지, 뭐!'

이렇게 말이다. 덕분에 우리 집에는 텔레비전은 물론이고 텔레비전을 놓는 거실장을 애초부터 사지 않았다. 사실, 집에 들어오는 즉시 텔레비전부터 켜놓는 나였기에 처음에는 텔레비전이 없으면 어떻게 사나 싶었다. 텔레비전 광고를 보는 것마저 즐거웠기 때문이다.

하지만 괜한 기우였다. 불편할 것이라고 내심 걱정한 바와 달리 지내다 보니 텔레비전을 안 보고도 잘 살아졌다. 노트북도 있으니 보고 싶은 프로그램이 있으면 노트북 모니터로 보면 그만이었다. 거기에 식탁도 없다. 대신 햇빛이 잘 드는 거실 가운데에 6인용 다용도 테이블을 두었다. 거기서 밥을 먹고 일을 하며 남편과 차를 마시거나 이야기를 나눈다. 화려하고 예쁜 소품을 사고 꾸며 놓기보다는 하얀색 린넨 천을 깔고 계절에 맞는 수국, 국화 화분이나 초록 식물을 가져다 놓았다.

부엌에는 남편의 연구실에서 사용하지 않는 테이블을 주워와 오븐과 밥솥을 올려두었다. 책도 도서관에서 빌려 읽는 경우가 많았다. 입지 않는 남편과 나의 옷은 조금씩 분리 배출했더니 남아 있는 옷을 옷걸이에 모두 걸어두어도 벽면 한쪽을 넘어가지 않았다. 옷의 가짓수는 적으나 깨끗하게 다려 입는 것만큼 훌륭한 코디도 없었다. 근종을 발견한 후에는 여행지에서 플라스틱 기념품조차 사 오지 않았다. 있으면 좋겠지만 없어도 상관없는 그런 물건들은 결국 먼지를 머금은 채 여행지의 기억을 가끔씩 상기시키겠지 싶었다. 그럴 바에는 여행지에서 찍은 사진을 보는 편이 나았다.

이전과 비교하면 소비하는 물건의 양과 종류가 급격히 줄어들었다. 꼭 필요한 물건이 아닌 이상 집 안으로 새로운 것을 들여놓지 않았다. 꼭 필요한 물건만 남기고 하나씩 살림살이를 줄여가는 데에도 애썼다. 다른 신혼부부의 집처럼 최신 유행 인테리어나, 화려한 소품이 없어도 우리 집은 밝고 깨끗하며 아늑하다. 유해 물질 노출도 줄어들었지만 우리 가족은 이런 집 안 풍경이 소박하고 편안해 만족스럽다. 근사한 소파에 기대어 텔레비전을 보기보다는 베란다 턱에 걸쳐 앉아 따뜻한 차 한 잔을 마시며 소담한 대화를 나누는 편이 즐거워졌다.

집 안에 남은 물건에는 각기 다른 이야기가 스며들어 있었다. 덕분에 하나하나, 손끝에서 멀어질 수 없는 가치 있는 물건들의 밀도가 커졌다. 삶에서 가치 있는 것들은 정신과 육체를 압도적으로 건강하게 만드는 동시에 일상의 짜임새를 튼튼하게 만들었다. 단순하다고 불편한 것은 아니었다.

생수 대신
수돗물

우리 가족은 몇 년째 생수를 마시고 있었다. 햇빛이 잘 들어오는 다용도실엔 생수가 가득 찬 페트병이 두 줄씩 줄지어 있었고 베란다에는 다 먹은 빈 페트병이 찌그러져 쌓였다. 그런데 플라스틱과 해양 쓰레기에 관한 다큐멘터리 〈플라스틱, 바다를 삼키다〉를 통해 생수에 담긴 플라스틱 병이 햇빛에 노출되었을 때 에스트로겐 활성물질이 더 많이 생길 수 있다는 내용을 접했다.

그 다큐멘터리를 본 후부터는 새 생수 병의 뚜껑을 뜯을 때마다 버려질 페트병 생각에 마음 한구석이 불편했다. 분리 배출을 하기 위해 베란다에 앉아 오른쪽 손엔 가위를 들고 왼쪽 손엔 생수 병의 라벨지를 뜯으면서도 페트병에 담긴 물을 마시는 게 옳은 행동일지 고심했다.

생수가 이 플라스틱 병에 담겨 오는 과정을 상상했다. 분명 취수의 불순물과 유해 물질을 걸러내기 위해 생수 회사는 다양한 노력을 했을 테다. 그럼에도 불구하고 유통하는 과정에서 햇빛 노출, 온도 변화로 인해 어쩔 수 없이 환경호르몬이 페트병에서 생수로 흘러갈 가능성도 있었다. 혹은 생수가 담기기 전 페트병에 유해 물질이 담겨 있을지도 모를 일이었다. 유명 해외 생수에선 프탈레이트가, 국내 생수에서마저 미세 플라스틱이 검출되었다는 기사는 생수를 마심으로 유해 물질이 체내로 들어올 수 있음을 뒷받침하기 충분했다.

생수를 마시는 대신 정수기를 사용할까 고민해보았다. 하지만 정수기 사용도 반가운 대책은 아니었다. 또 다른 플라스틱 덩어리를 집에 놓는 셈이었기 때문이다. 그렇다면 차라리 수돗물을 끓여 먹는 게 낫지 않을까 싶었다. 어차피 유해 물질이 아예 없는 물을 매일 마시는 건 불가능했다.

손에 들었던 가위와 페트병을 내려놓고 컴퓨터 앞에 앉아 부산광역시 상수도사업본부 홈페이지에 접속했다. 행동은 상상과 예측이 아닌 정확한 정보를 바탕으로 바꿔야 했다. 홈페이지에는 정수에 관해 카드뮴, 벤젠, 클로로에틸렌 계열 등 매일 40개 항목을 검사한 결과를 공개하고 있었다. 수돗물에 대한 막연한 두려움이 있었지만 생각보다 꼼꼼한 검사 항목과 기준이 의외로 믿음

직스러웠다. 모두 기준치보다 매우 낮은 정도니 수돗물을 마셔도 나쁘지 않겠다는 생각이 스쳤다. 그중에는 집 안에서 수돗물을 채취해 무료 수질 검사를 실시해주는 항목이 있었다.

수돗물과 페트병에 담긴 생수, 둘 중 어느 것이 건강에 더 유익하고 나쁘다는 편 가르기를 하기엔 변수가 너무 많았던 터였다. 생수는 생수마다 수원지나 유통된 과정이 다르니 획일적이지 않을 것이고 수돗물은 수도관의 상태에 따라 공개된 정보와 수질이 다를 수 있었다. 그렇다면 무료 수질 검사를 받아 수돗물을 마셔도 괜찮은 수질인지 확인한다면 안심하고 수돗물을 마셔도 무방하리라.

이튿날, 집으로 직접 방문한 담당자는 약 1L가량의 물을 담아가면서 특별한 문제가 없다면 수돗물을 그냥 마셔도 무방하다는 말을 전했다. 아파트에서도 주기적으로 물탱크 청소를 하며 수질 상태를 상수도사업본부에 보고하기 때문에 식수로 사용하기 적절한 수질 상태를 유지하고 있다는 설명이었다. 장시간 물이 고여 있을 수 있는 아침 시간대에는 수도관에서 이물질이 나올 수 있기 때문에 일정 시간 동안 물을 흘려보낸 후 사용하면 괜찮다는 말을 덧붙였다. 어쨌든 약 20일이 지나면 이 물을 매일 마셔도 괜찮을지 판단할 수 있는 객관적인 자료가 나올 예정이었다.

페트병에 들어 있는 생수 대신 수돗물을 마시고자 한 것은 쓰레기 때문이기도 했다. 밥을 만들 때도, 국을 끓일 때도 생수를 사용했으니 매달 사용하는 생수와 배출되는 생수 병의 양이 만만치 않았다. 거기에 페트병 하나에도 서로 다른 플라스틱 소재를 사용했기에 페트병, 뚜껑, 라벨지를 분리해서 버려야 했다. 그렇지 않으면 재활용 업체에서도 추가적인 노동력을 들여 쓰레기 분리 작업을 해야 할 것이고 국가에서 환경 보조금으로 사용되는 세금도 늘어날 것이다.

그래도 재활용이 된다면 다행이었다. 많은 플라스틱이 재활용이 안 된 채, 불에 태워지거나 땅에 묻히거나 바다에 버려졌고 버려지고 있다. 아마도 백 년에서 오백 년 동안은 썩지 않은 채 세상을 떠돌아다닐 골칫거리가 될 것이다. 길가에 버려진 일회용 커피 용기, 우유팩 등도 마찬가지다. 한때는 위생적이라며 찬란하게 사용되었던 이 소모품들은 하루아침에 길가에 떨어진 나뭇잎보다 못한 신세가 되었다. 그것들은 한데 모여 어딘지 알 수도 없는 곳에서 다른 쓰레기들과 뒤엉키다 눈에 보이지도 않는 미세 플라스틱으로 쪼개질 가능성이 높다. 작다고 표현하기에도 작은 미세 플라스틱은 지하수나 바다에 흘러 들어가면서 작은 물고기의 밥이 되기도 한다. 참치는 그 작은 물고기를 먹으며 살다가 어획 작업을 하는 그물에 잡혀 통조림 캔으로 우리와 만나게 된다. 참치 통조림이 아니라 마치 플라스틱 통조림을 먹는 기분이 드는 건 단순히 기분 때문만은 아니었다. 배 속에 있는 근종도 그걸 먹고 큰 건 아니었을까 무서운 상상이 머리를 채워갔다.

비약된 가정이라면 차라리 그게 나을지 모른다. 하지만 생태계 피라미드에서 상층 포식자로 갈수록 유해 물질이 많다는 증거 자료는 이미 넘쳤고 쓰레기로 인한 환경오염, 생태계 파괴에 관한 뉴스를 무시하기는 어려울 지경이었다. 내가 버린 쓰레기는 유해 물질이 되어 결국, 나에게 돌아오고 있었다.

생태계 구조에서 최상위 포식자의 한 종류인 내가 유해 물질로부터 공격받는 것도 서러웠지만 그렇게 버려지는 쓰레기들도 불쌍했다. 상품에 때가 타지 않도록 감싸주거나 액체가 새지 않게 담아주면서 열심히 제 역할을 했음에도 이렇게 처참하게 버려지는 광경에서 인간의 이기심이 보였다. 어차피 버려질 운명이라면 곱게 보내주는 게 그것들에 대한 예의가 아닐까. 그래서 분리수거를 하는 날이 되면 베란다 구석에 앉아 종이, 철, 페트, 기타 플라스틱 등 종류별로 소재들을 나눴다.

그럼에도 매주 베란다에 앉아 분리 배출을 하는 시간이 곤욕이었다. 페트병의 라벨지는 끈적한 접착제로 붙여 있거나 너무 병과 밀착시킨 나머지 가위나 칼이 없으면 완전한 분리 배출이 힘들었다. 유리병에 감긴 종이 스티커는 뜨거운 물에 불려도 쉽사리 벗겨내지 못했다. 하다못해 나물을 담은 비닐 포장재에도 종이 스티커 라벨이 붙어 있어 그 부분만 도려내든지 긁어서 떼어내야 했다.

그럴 때마다 예전 일본 여행에서 본 페트 음료의 패키지 디자인을 시샘했다. 일본에서 판매하는 음료에도 한국처럼 상품을 안내하는 비닐 라벨지가 감겨 있었다. 한국과 다른 한 가지는 라벨지에 세로로 길게 이중 절취선이 설계되어 있다는 것이다. 쉽게 비닐 라벨지를 뜯어 페트병과 뚜껑, 라벨지를 분리 배출할 수 있게 한 것이다.

국내에서도 몇몇 페트병에서 그런 디자인을 보았으나 라벨이 쉽게 뜯어지지 않아 다시 칼을 꺼내야 했다. 그러니 우리나라 분리 폐기물 재활용률이 세계 2위라는 사실이 믿어지지 않는다. 아파트 분리수거 통에는 여전히 비닐 라벨과 폴리프로필렌 뚜껑이 붙어 있는 페트병과 끈적한 스티커가 붙은 유리 용기가 분리되지 않은 채 담겨 있었다. 상품을 만드는 회사는 여전히 분리수거를 하기 힘든 디자인의 용기를 생산하는데, 그 수고로움은 온전히 소비자의 것이라는 사실이 너무나 불공평했다.

일본의 페트병 제조업체들은 자발적으로 재활용이 쉬운 '무색 플라스틱' 제품만을 생산하고 있었다. 호주 정부에서는 전국 대부분에서 일회용 플라스틱 합성 비닐봉지의 사용을 금지했다. EU 회원국은 비닐봉지 사용량을 2019년까지 연간 1인당 90개로 줄여야 하며, 2025년까지 40개로 줄여야 한다는 개정안을 통과시켰다. 환경부에서도 2030년까지 플라스틱 50% 감축을 목표로 카페 내에선 일회용 컵 사용을 규제하고 있지 않는가.

분명 우리는 국가의 법과 정책 방향, 기업의 행태에 따라 사고방식과 생활 습관에 영향을 받는 시대를 살아가고 있다. 그러니 규제의 방향과 정도는 소비자로서, 국민으로서, 지구인으로서 어떤 물건을 사면 물건을 버리는 방법과 과정에 필연적으로 개입해야 한다. 언덕처럼 쌓여가는 분리수거 물품들을 앞에 두고 나는 어떤 국가에서 살고 있는가, 깊은 상념에 빠질 수밖에 없었다.

나와
환경을 위해

수돗물을 채취한 후, 약 20일이 지났을까. 상수도본부에서 수 돗물 수질 검사 통지서가 우편으로 날아왔다. 아파트가 지어진 지 20년이 넘어가기에 수도관이 오래되어 식수로 사용하기는 부 적절하지 않을까 걱정했던 터였다.

다행히도 총 14가지 항목에서 비소, 납, 크롬, 카드뮴과 같은 유해성 무기물질은 검출되지 않았고 탁도, PH, 잔류 염소, 붕소 등은 기준치 이하였다. 식수로 사용해도 무방하다는 결과였다. 매일같이 수원지에서 정수한 수질 내역을 홈페이지에 공개하고 있었고 우리 집 주방에서 흘러나오는 물의 수질이 식수로 안전하 다는 결과까지 얻으니 안심이 되었다. 수돗물이 모든 유해 물질 에서 완전히 자유로울 수는 없으나 만약 수질에 심각한 결함이 있다면 상수도본부에서 자체적으로 공개하거나 뉴스를 통해 알려질 것이었다. 그러니 암묵적인 믿음을 주는 생수보단 나았다. 오히려 수질 검사 내용을 대중에게 주기적으로 공개하지 않는 생수가 더 의심스러울 지경이었다.

아침이면 수돗물을 받아 보리차를 끓였다. 겨울에는 펄펄 끓는 보리차 한 잔을 따뜻하게, 여름이면 시원하게 마시며 하루를 시작했다. 매달 수십 개가 나오던 플라스틱 페트병이 더 이상 나오지 않는 풍경도 흐뭇했다. 분리수거를 할 때마다 번거롭게 페트병과 라벨 비닐, 뚜껑을 따로 분리할 필요도 없어졌다. 매주 수요일, 페트병이 가득 찬 박스를 들고 한쪽 손엔 따로 분리한 비닐류를 겨우 쥔 채 분리수거를 하던 남편도 내심 기분이 좋은 모양이었다. 넘쳐흐르다 못해 산더미처럼 쌓여가는 페트병 쓰레기를 밀어 넣을 일이 사라졌으니 마음도 몸도 편해진 것이었다.

나는 살면서 인생의 진리, 처세술, 성공하는 습관 등을 다룬 어떤 자기계발서에서 감명을 받거나 설득을 당한 경험이 거의 없다. 사람마다 모두 다른 성격과 행동, 가치관, 주어진 상황이 다른데 본인의 이야기를 근사하게 늘어놓는 책들에 크게 공감하지 못했다. 그러다 내 인생 가장 쿨하고 멋진 책을 발견했다. 몇 해째 플라스틱 없이 살고 있는 가족의 이야기를 담은 책이었다.

독일에 살고 있는 산드라 크라우트바슐이 쓴 저서 『우리는 플라스틱 없이 살기로 했다』는 에세이인데, 행동과 사고에 좋은 영향을 주었으니 나에겐 일종의 자기계발서였다. 책은 〈플라스틱 행성〉이란 다큐멘터리를 본 후 온 가족이 힘을 합쳐 플라스틱 없는 삶을 살기 위해 노력했던 실천기를 담고 있었다. 페트병을 시작으로 플라스틱 줄이기에 맛을 보기 시작한 나로서는 이 가족의 실천기가 너무나 멋있었다.

저자의 가족들은 플라스틱 봉투 대신 100% 생분해되는 셀룰로오스 포장 봉투에 담긴 뮈슬리를 선택하고 치약이 아닌 소금으로 양치질을 했다. 아주 사소한 설거지용 수세미도 플라스틱 합성섬유가 아닌 남은 수건이나 퇴비화가 가능한 섬유질 소재로 된 것을 사용했다. 온 가족이 모여 플라스틱 장난감을 어떻게 처리할지 머리를 맞대어 토의하는 모습에서 책임감 있는 소비란 저런 게 아닐까 공감했다.

예쁜 옷과 멋진 소품, 일상의 편리함을 증대시킬 물건들을 살 궁리만 했던 내가 이런 프로젝트에 매력을 느낄 줄이야! 궁극적으로 우리 가족이 지향하는 삶과 유사했으며 나의 고민 사항과도 일맥상통한 부분이 많았다. 그 덕분에 식재료, 생활용품, 의류 등 어떤 형태로의 물건을 구매하고 사용할 때에는 인간과 지구의 건강에 도움이 되는 선택지를 최우선으로 여기는 사고방식이 더욱 견고해졌다. 새 휴지, 새 종이를 시작으로 새 옷, 새 컴퓨터, 새 차

등 새로운 것들을 사용한다는 건 그만큼 유해 물질에 노출될 가능성이 높아짐을 의미하고 버려질 물건들이 많아지니 인간과 지구에 어떤 측면에서라도 해를 끼칠 수 있었다. 그렇게 물건을 소비하는 사소한 과정부터 변화했다. 배가 고프면 먹고 싶은 음식이 생각나고 음식을 보면 침이 나오는 것처럼 아주 자연스럽게 반응했다.

예컨대 장을 보러 시장에 갈 때면 천으로 만든 커다란 장바구니에 야채를 대중없이 넣고 커다란 고기나 수산물은 반찬통에 따로 담았다. 채소에서 나온 흙이 묻은 장바구니는 빨아 쓰면 그만이었다. 일전에는 야채의 종류에 따라 각기 비닐봉지에 담고 고기는 이중으로 밀봉했었다. 당시에는 흙이 묻은 당근이며 양배추 등 여러 식재료를 비닐에 감싸야만 청결하다고 믿었다. 그러다 보니 한 번만 장을 봐도 못 쓰는 비닐봉지가 넘쳐흘렀다. 하지만 생각해보면 식재료를 비닐에 보관한다고 해서 더 청결해질 리가 만무했다. 사실 아무 상관없는 쓰레기만 만든 셈이었다. 결과적으로는 장을 봐온 식재료들은 흐르는 물에 다시금 씻어야 했는데 이 구분이 무슨 소용이었던가. 야채를 깔끔하게 구분 지어 가져왔다는 잠시의 만족뿐이었다.

그러나 비닐봉지를 사용하지 않을 수도 없는 일이었다. 수분이 남아 있는 달걀 껍데기, 액체가 묻어 젖어 있는 휴지를 종량제 봉투에 마냥 넣어두면 냄새가 나거나 곰팡이가 슬었다. 그래서 그런 쓰레기들은 따로 플라스틱 비닐봉지에 담아 버렸다. 하지만 생수 페트병이 거의 사라진 집에서 보이는 플라스틱 비닐봉지들은 눈엣가시였다. 차라리 종이봉투를 사용할까 고민하다가 '친환경 봉투' '생분해 비닐'을 온라인으로 검색했다. 그랬더니 너무나 쉽게 전분, 셀룰로오스 등 천연 소재를 주성분으로 만든 친환경 비닐봉지를 손쉽게 구입할 수 있는 게 아닌가. 이 물건이다 싶어 당장 구매한 봉투는 미생물, 습기, 토양, 공기 등에 노출되면 90일 내에 완전히 분해되며 환경부에서도 인증받은 제품이었다.

외출을 하더라도 다회용 텀블러와 빨대는 필수적으로 들고 나갔다. 카페나 음식점에서 사용되는 일회용 컵과 빨대를 조금이라도 줄이려는 목적이었으나 이젠 습관처럼 지니고 다니는 중이다. 스테인리스로 만들어진 텀블러에 음료를 담아 겨울에는 따뜻하게, 여름에는 시원하게 더 오랫동안 마실 수 있게 되었다. 씻고 들고 다니기 귀찮다는 잠시의 불편보다 오랫동안 맛있는 차를 즐길 수 있게 되었으니 이런 게 바로 진정한 삶의 질 향상이었다. 습관적이었던 시선을 조금만 돌려봐도 더 나은 선택을 할 수 있는 많은 보기가 존재했다.

모든 과정이 거창할 것 없이 소소했다. 물론 개인적인 움직임이 근본적인 환경문제를 해결하고 근종의 크기를 줄이는 데 결정적인 도움이 되지 않을지 몰라도 나의 통제권 안에서 할 수 있는 노력을 다하는 것이 중요했다. 굳이 스스로가 해결할 수 없는 일에 미련을 가지기보다는 본인이 현재 할 수 있는 일이라도 꾸준히 하는 편이 나았다. 보폭이 짧다고 해서 무시해서는 안 되었다. 앞으로 나가는 것은 매한가지이기 때문이다.

바다가
알려준 것들

"일주일 뒤에 지구가 멸망한다면 어디로 갈 것인가?"

이 극단적이고 말도 안 되는 질문에 답을 하자면 망설임 없이
외칠 수 있다.

"바다!"

부산에서 태어난 후, 육지를 맴돌다 부산에 다시 돌아왔다. 성
인이 되어 살고 싶은 장소를 선택할 수 있을 즈음, 미로 같은 서
울을 벗어나 당연하다는 듯 정착했다. 그 이유를 꼽으라면 역시
나 바다였다. 그렇다고 부산의 바다만 좋아하는 것은 아니었다.

어느 장소, 어느 나라, 어느 모양과 상관없이 바다는 각기 다른 매력이 있었다. 비행기 위에서 내려다본 푸른 원단 같은 색깔, 철썩이는 파도가 바위에 부서지는 풍경, 노을이 스며든 따스한 바다의 온도, 태풍이 치기 전 울고 있는 바다의 소리. 바다의 모든 순간들은 충분히 사랑스럽고 위협적이며 아늑했다.

그래서인지 이유가 어찌 되었든 일주일에 한 번 이상은 바다를 찾았다. 어떤 날에는 아무 이유 없이 새벽부터 일어나 바다를 보러 나갔다. 황금빛으로 물드는 눈부신 새벽 바다를 보는 것은 특권 중의 특권이었다. 봄부터 가을까지의 바다에서 서핑과 수영을, 겨울에는 감상을 하는, 바다는 나의 안식처다.

서핑을 하는 이유도 그랬다. 햇수로 6년이 넘게 서핑을 했지만 여전히 초보자 수준의 실력을 가진 내가 꾸준하게 서핑을 할 수 있었던 데에는 '바다'라는 공간 덕분이 컸다. 매 순간 같은 색깔의 하늘도, 같은 모양의 풍경도 없는 바다에서 모든 파도는 서로 다르게 부서졌다. 그 역동적인 공간에서 파도를 타거나 바다 위에 앉아 있으면 나의 걱정과 근심은 썰물처럼 빠져나갔고 행복은 밀물처럼 밀려 들어왔다. 자연의 경이로움은 객관적이고 과학적이며 수치화할 수 없는 무한대의 만족감을 선사했다.

태풍이 칠 때쯤 만나는 집채만 한 파도에 압도될 때면 인간이 얼마나 하찮은 존재임을 생각했고 보석 조각 같은 바닷물을 흩날리며 뛰어오르는 생선을 보면 바다의 주인은 인간이 아닌 바다 생물이라는 사실을 다시금 깨달았다. 나와 같은 인간은 그저 바다를 잠시 빌리는 것뿐이었다. 그러니 수영을 하고 서핑을 하는 바다에서의 모든 행동은 나의 의지가 아닌 바다의 흐름에 따라 결정되었다. 아무리 내가 바다에 들어가고 싶더라도 바다가 허락하지 않으면 할 수 없는 일이었다. 그 순간마다, 과학이 발달하기 전 자연적인 변화를 신의 뜻이라 여기던 선조들의 마음이 이해가 되었다. 인간은 자연의 한계를 극복하며 진화해왔지만 여전히 자연의 흐름 속에서 존재했다. 결국 인간도 생태계의 일부분이었다.

그러니 바다 위에 떠다니는 쓰레기를 볼 때면 나도 모르게 한숨이 나왔다. 특히나 태풍이 지나간 여름날의 해변가는 슬픔이 느껴질 정도였다. 중국어 비닐 라벨이 붙여진 생수병, 주인을 잃은 등산화, 빛이 바랜 막걸리 병, 스티로폼 등 어디서 밀려왔는지도 모를 쓰레기를 언제 어디서든 볼 수 있었다. 거기에 미간이 절로 찌푸려지는 악취는 덤이었다. 인간은 자연의 흐름을 거스르고 있었다.

오랜만에 울산에 있는 해수욕장에 서핑을 갔었을 때의 일이었다. 수년 만에 방문한 해수욕장엔 약을 뿌린 것처럼 매캐하면서도 딱히 어떻게 설명을 해야 할지 망설여지는 오묘한 냄새가 퍼져 나왔다. 어촌 마을의 그물과 투망에는 촌스러운 짠내와 고루

인간은 자연의 흐름을

거스르고 있었다.

한 바다의 흔적이 사라진 지 오래였다.

그런 바다 물속에 하반신과 상반신 절반가량이 물에 잠겨 있었고 머리카락도 젖었으며 시시때때로 바닷물이 코와 입, 눈으로 들어갔었다. 그 바닷물이 어떤 사연으로 그런 냄새를 가지게 되었고 그 속에 어떤 것들이 있는지는 알 수 없어도 분명 좋은 일은 아니었다. 고작 몇 시간, 바닷물에 몸을 담근 나도 이렇게 유쾌하지 않은데, 이 물속에서 사는 물고기들은 제대로 숨이나 쉴 수 있을까 걱정되었다.

그래도 이 지역에 사는 물고기는 그나마 상황이 나을지 모른다. 저 먼 바다에 살던 고래 한 마리는 바다 쓰레기인 6제곱미터 크기의 플라스틱 비닐 시트를 삼켜 영양실조로 죽었다. 바다표범은 낚싯줄에 목이 감겨 살점이 뜯겨 나갔다. 물고기는 플랑크톤과 함께 미세 플라스틱을 밥으로 먹고 있었다. 눈에 보이지 않는 바다 저 멀리, 저 깊은 곳에는 쓰레기와 오염물질이 넝쿨처럼 얽어 있었다.

미국 아웃도어 의류 전문 기업 파타고니아는 전 세계에 버려진 페트병을 이용해 폴리에스터 원단을 만들고 버려진 울과 다운을 이용해 옷을 만든다. 가히 친환경 기업이라는 명칭이 아깝지 않은 기업 중 하나다. 이 기업의 창업자인 이본 쉬나드는 저서 『리스판서블 컴퍼니 파타고니아』에서 말한다.

'우리는 먹고살기 위해 일을 한다. 그런데 이 먹고사는 일 자체가 자연과 인간의 기본적인 삶을 위협하고 있다는 사실을 알고 있을까? 자연의 가치를 너무 가볍게 생각하고 자연의 훼손을 계속해서 방조한다면 인간의 육체적, 경제적 웰빙은 보장될 수 없다'고.

자연 입장에서 생각하면 억울할 일이었다. 인간은 편한 대로 자연의 것들을 가져다 쓰고 유독 물질을 버리면서 건강하게 살기까지 바라는 욕심을 부리고 있었다. 그러니 인간의 편리함을 위해 생산된 오염물질이 인간에게 해가 되어 돌아오는 게 어찌 보면 당연했다. 해수욕을 즐기던 사람들이 귀찮다며 버린 각종 쓰레기, 육지에서 바람을 타고 날아온 비닐봉지, 강을 타고 흘러온 플라스틱, 아름다운 바다에는 어울리지 않는 쓰레기와 오염물질이 다양한 사연을 가진 채 머물렀다.

자궁 속에 있는 근종이 자연 오염으로 인한 환경호르몬의 영향일지 모른다는 생각은 매일 바다에서 펼쳐지는 풍경 앞에서 더욱 굳건해질 수밖에 없었다. 이본 쉬나드의 말처럼 인간은 위협받고 있고 더욱더 심각한 문제에 직면할 가능성이 높았다. 심지어 지금은 눈앞에만 쓰레기가 있지만 앞으론 예상하지 못하는 어디선가 불쑥 나타날 수도 있었다. 플라스틱이 먹이인 줄 착각하고 먹어버리는 새처럼 우리도 플라스틱을 먹을지 누가 알겠는가. 아니, 지금도 물이나 공기를 통해 미세 플라스틱을 조금씩 먹고 있다고 뉴스가 들리지 않는가!

색색의 파라솔이 펼쳐지고 황금빛 모래 알갱이들이 발가락 사이에 엉겨 붙던 여름날, 무심한 상상이 현실로 실현될지도 모른다고 상상하니 허리가 절로 굽어졌다.

엄마와 함께, 남편과 함께, 친구와 함께, 홀로 굴러다니던 봉지를 주워 그 속에 쓰레기를 하나씩 담았다. 그 쓰레기들이 있어야 할 곳은 바다가 아니었다.

자궁 근종과의
마지막

"걱정하지 마시고 올라가 누우세요."

간호사의 지시에 따라 움직이긴 했지만 어떻게 올라갔는지 기억이 나지 않았다. 그 정도로 정신이 없었던 것이겠지. 그러다 수술대의 얼음 같은 차가움이 수술복 아래로 뚫고 들어왔다. 순간적으로 체내 온도가 급격히 낮아지니 어쩔 수 없이 정신이 번쩍 들었다. 그곳은 근종 제거 수술을 받을 수술실이었다. 정신을 차려보니 눈앞엔 수술복을 입은 간호사가 분주하게 수술 준비를 하고 있었다. 수술을 받을 환자의 이름과 생년월일을 물었던 걸 보면 수술을 받는 게 맞다.

달력상으로는 8개월 전에 정기검진을 받았고 2개월 전에 수술 전 검사를 받기는 했지만 언제 이렇게 시간이 지나버렸는지 모르겠다. 수술 당일에도 정기검진을 받던 날처럼 무덤덤하게 병원으로 향했다. 이전부터 남편이 곁에 없어도 부산에서 서울까지 혼자서도 씩씩하게 병원을 다녔으니 어색함은 남아 있지 않았다. 낯설기만 했던 병원 의자에서 두 손을 모으며 긴장했던 모습은 온데간데없어졌고 성벽 같기만 했던 산부인과 문턱도 동네 담벼락같이 가깝게 느껴졌다.

예정대로 로봇으로 진행하는 복강경으로 수술은 받아 자궁 근종을 제거하기로 결정했다. 수술을 예약한 이후에도 자체적으로 임신 시도를 해보았지만 별다른 좋은 소식이 들리지 않았기 때문이었다. 건강한 신체를 위해 유해 물질 노출을 줄였던 것처럼 임신을 위해선 자궁 근종 절제술이 최선의 선택이라고 판단했다.

수술 전날, 입원 수속을 진행하면서 입원복을 받았음에도 근종을 제거한다는 것에 별다른 감흥을 얻지 못했다. 것보다 서로 다른 질병을 같은 마음으로 이겨내는 2,700여 개 병상 위 사람들의 삶을 관찰했다. 이곳은 아직 내가 있어야 할 곳이 아니라 느꼈을 뿐이었다.

엘리베이터를 같이 탄 어느 환자 두 분은 이번 항암치료가 꽤나 성공적이라며 더 이상 병원에 오고 싶지 않다는 이야기를 나눴고, 이제 겨우 10살이 되었을까 하는 꼬마는 링거를 꽂은 채 병원을 놀이터처럼 마냥 뛰어다녔다. 그 뒤에는 아이의 모습을 바라보는 것만으로도 웃음 짓는 부모가 있었다.

죽음의 경계선에서 매일 줄타기하는 이곳에서 나는 건강한 축에 속했고 생의 감사함을 느꼈다. 동시에 건강한 삶을 당연하다고 여겼던 스스로에게 무한한 부끄러움을 느꼈다. 환경호르몬과 유해 물질을 줄이는 생활 습관, 자연을 생각하는 소비를 할 수 있다는 것만으로도 축복이었고 불평은 사치였다.

수술은 배꼽을 기준으로 약 1cm 이상의 구멍을 여러 개 내어 그 속으로 수술 도구와 카메라를 집어넣은 후 진행될 예정이었다. 수술은 주치의가 집도하지만 수술 후 치료를 도와줄 담당 의사는 따로 배정되었다. 담당 의사는 만약 1개의 구멍만 내어 수술을 진행하는 게 힘들다 싶으면 3개의 구멍을, 그것도 부족하다 싶으면 5개의 구멍을 낼 수도 있다는 설명을 해주었다. 이제는 엄마가 아닌 남편이 보호자가 되어 수술 동의서에 동의 서명을 했다. 유일했던 보호자의 자리를 남편이라는 남자가 차지한 그 풍경이 수술을 받는다는 사실보다 더 어색하고 낯설었다.

수술 동의서에 서명을 하고도 수술을 받는다는 게 믿어지지 않아 병상에 멍하니 앉아 있었다. 각종 수액을 섞은 링거 바늘을 꽂아 놓은 팔은 거추장스러웠고 면으로 만든 원피스형 환자복에서는 움직일 때마다 바스락거리는 소리가 났다. 시선은 환자와 환자 사이를 가린 무채색 커튼에 머물렀고 밀실이 아닌 밀실은 적막했다. 수술이 불과 몇 시간 후라는 긴장감보다 불이 꺼지지 않는 복도, 주기적으로 혈압을 체크하는 간호사 등 낯선 환경에 이질감이 느껴졌다. 어느 장소에서도 쉽게 주눅 들지 않는 나임에도 병원은, 그것도 대형 병원은 거역할 수 없는 중압감을 내뿜었다.

"오, 쫄리는데!"

장소가 주는 위압감 때문인지, 수술을 한다는 긴장감 때문인지 구분하기 힘든 본능적 혼잣말이 불쑥 튀어나왔다. 간지러운 마음을 긁어내려 괜히 호탕한 척 웃어도 봤지만 다섯 시간 뒤면 난생처음 겪는 일이 벌어질 거라 생각하니 그 두근거림을 쉽게 떨쳐낼 수 없었다. 누군가는 찢고 꿰매는 수술을 여러 번 했을지 몰라도 나는 사랑니 발치, 에스컬레이터에서 넘어져 생긴 상처를 꿰맬 때 말고는 처음 받는 수술이었다. 게다가 전신 마취였다! 입속은 점점 바짝 말라갔지만 물을 포함한 모든 음식은 금식이었으니 마른 혀로 입술만 축낼 뿐이었다.

그렇게 복도를 서성이다 수술실로 가야 하는 아침 7시가 되었다. 수술대에 눕기 약 한 시간 전이었다. 휠체어를 마치 고급 세

단처럼 타고서는 수술실이 모여 있는 건물의 한 층을 뚫고 들어갔다. 그곳은 불이 꺼진 적이 없다는 듯이 복잡하고 분주했다.

"이름은…, 생년월일은 89년……."

꿈결 같았던 수술 전날과 당일 아침 회상에서 벗어나 간호사의 물음에 답했다. 수술대에 있는 스스로가 마치 고기 덩어리 같다고 느낄 때 즈음, 드라마에서 보던 호흡용 마취 마스크가 입과 코를 덮을 준비를 했다.

"마취 마스크 씌우겠습니다."

다섯까지도 숫자를 세지 못한 채 정신을 잃었다. 그게 몸속 근종과의 마지막 기억이었다.

오후 12시 45분 즈음에 수술을 마쳤다고 하니, 약 4시간 30분 동안 자궁에 있던 8cm와 5cm 크기의 근종이 조각조각 잘려 꺼내어졌다. 단 몇 시간 만에 임신을 방해하고 생리통을 악화시켰던 근종이 이 세상에서 없어졌다. 마음이 허했기 때문일까. 두꺼운 담요를 목 끝까지 덮었지만 너무나 추워, 연신 간호사를 찾았던 기억이 파편처럼 남아 있었다. 기억이 명확하지 않은 가운데 유일하게 느낄 수 있었던 감정이었다.

다사다난한
수술 회복기

수술 후, 정신을 차리고 보니 오후 2시가 넘어갔다. 다시는 눈을 뜨지 못하면 어쩌나 걱정했던 마취가 풀렸고 어젯밤을 뒤척이던 병실에 다시 돌아왔다. 옆자리를 지키고 있던 남편도 여전했고 병실의 구조도 모두 같았지만 내 몸은 달랐다. 누군가가 배를 칼로 찔러 비틀어놓은 듯 욱신욱신한 통증이 느껴졌다. 일어나고 싶어도 일어날 수 없었고 큰 소리로 남편에게 생존 신고를 하고 싶어도 할 수 없었다. 소변줄은 어찌나 찌릿하던지. 담당의는 수술은 안전하게 끝이 났고 다음 날 즈음부턴 운동을 열심히 해야 빨리 회복할 수 있다는 말을 전했다. 마음 같아선 '지금 당장이라도 운동할게요!'라며 벌떡 일어나고 싶었지만 몸이 말을 듣지 않았다.

화장실을 가는 시간을 기준으로 회복 속도에 대해 이야기하면 이렇다. 소변줄을 뽑은 당일에는 50미터 떨어진 화장실을 가는 데 15분이 걸렸다. 마음으로는 화장실을 벌써 3번이나 다녀오고도 남았는데 말이다! 눈앞에 바로 보이는 화장실은 언제쯤 닿을까, 거북이를 붙여놔도 이것보다 빠르겠다 싶었다.

　거기에 진통제와 항구토제를 투약해도 통증과 어지럼증이 멈추지 않았다. 수술을 처음 받는 데다 나의 몸에 효능을 발휘하는 약 성분을 정확하게 알지 못해 벌어진 일이었다. 그래서 상처의 통증을 느끼지 못하게 도와주는 무통 주사의 주입을 막고 열기를 반복해야 했다. 무통 주사가 체내로 들어오도록 하면 통증은 느끼지 못하지만 오심이 심했고 무통 주사가 체내로 들어오지 않게 주입을 막으면 오심은 줄어드나 통증이 강하게 느껴졌다. 상황이 이러하니 병상에서도 비닐봉지를 준비해 언제 튀어나올지 모르는 구역질을 대비했고 겨우 화장실에 가도 변기를 부여잡고 떨어지지 못했다. 하지만 배는 칼로 찔린 듯 아파왔고 힘을 줄 수 없었으니 혀만 입 밖으로 길게 빼낼 뿐이었다.

　그 순간마다 근종이 재발되지 말아야 하는 수 개의 이유를 떠올렸고 제왕절개로 나를 낳으면서 엄마가 겪은 몇 곱절의 고통을 가늠할 수 있었다. 간단한 종류의 수술이었음에도 예상하지 못한 변수는 존재했다. 이로 인해 수술에 대한 치명적인 거부감이 생겨버렸다.

지나간 것에 대해 후회하고 가정하는 것을 좋아하는 편은 아니지만 그럴 때마다 '만약에'로 시작하는 상념들이 떠올랐다.

만약 10대 시절에 수능 점수보다 내면의 목소리에 귀 기울이는 데 시간을 더 썼더라면? 만약 20대 시절부터 몸과 마음을 관찰하는 습관을 들였다면? 그랬다면 근종이 생겨날 가능성이 줄어들 뿐 아니라 행복하게 사는 법을 조금 더 일찍 연습할 수 있었을 것이다. 적어도 이렇게 변기를 부여잡을 일도 하나쯤은 줄어들었을 거라 생각하니 아쉬움이 생길 수밖에 없었다.

어지럼증은 퇴원을 할 때까지 가시지 않았다. 다행히 걸음을 걷는 속도는 빨라졌다. 여전히 걷는 자세는 엉거주춤하고 허리를 구부정하게 펼 수밖에 없었지만 눈빛이 또렷해지니 좀비 행색은 탈출한 셈이었다. 활동 반경도 화장실을 넘어 휴게실, 각종 음식과 생활용품을 파는 지하 쇼핑 코너까지 확대되었다.

며칠이 지나자 병원 곳곳의 지리를 파악했고 익숙한 얼굴도 보였다. 이질감이 느껴졌던 병원이 익숙한 생활 터전이 된 느낌이랄까. 더군다나 30년 인생 중에서 심적으로나 체력적으로 가장 약한 모습을 드러낸 장소였으니 나름의 애정이 생기기 시작했다.

배에는 배꼽과 그 양쪽을 기준으로 약 1cm 크기의 상처가 3개 생겼다. 그곳으로 배에 가스를 주입한 후, 수술 도구를 넣었을 것

3rd DAY

1st DAY

5th DAY

이다. 그걸 증명이라도 하는 듯, 왼쪽 배에 생긴 상처에는 수술 부위에 고여 있는 피를 빼내기 위한 피 주머니를 연결했다. 정상적인 회복 속도라면 3박 4일의 입원 기간 동안 피 주머니에 차오르는 피의 양이 점차적으로 줄어들어야 했다. 그래야 계획대로 부산 집으로 내려갈 수 있을 테니 말이다.

하지만 예기치 않은 일들이 한꺼번에 찾아왔다. 여전한 오심과 함께 피 주머니에 차오르는 피도 줄어들 기미가 보이지 않았다. 주치의와 담당의, 간호사는 수술은 잘되었다며 한입 모아 이야기했지만 여전히 붉은 피 주머니를 보니 내심 걱정이 될 수밖에 없었다. 그것은 상처가 빨리 아물지 않는다는 의미이기도 했으니 말이다. 결국, 기대와는 달리 회복 기간이 길어져 병원에 5박 6일이나 머물러야 했다.

다행스럽게도 부산에 도착한 후로는 고속 열차의 속도만큼이나 빠르게 회복했다.

언제 아프기라도 했냐는 듯, 수술 후 생리처럼 겪는 출혈도 얼마 지나지 않아 끝이 났고 생리도 알람시계처럼 정상적인 주기에 맞춰 했다. 근육이 손상되어 배를 누르면 근육통이 있는 것처럼 아프긴 했으나 익숙해졌다. 조금씩 하나하나가 정상의 상태로 돌아왔다.

회복은 아주 순조로웠다. 수술 6개월 뒤에 받은 정기검진을 기점으로 완벽하게 상처가 아물었다는 진단을 받았다. 어떤 부작용도 없었으며 임신을 원하면 임신을 시도할 수 있었다.

앞으로는 1년에 한 번씩 주기적인 검사를 함으로써 다른 곳에 새로운 근종이 나타나 커지지는 않았는지 자궁 상태를 체크하면 되었다. 근종은 한 번 제거한다고 완전히 사라지고 다시는 생기지 않는 그런 질환이 아니기 때문이었다. 근종이 생길 가능성은 언제든 존재했다.

배꼽을 기준으로 양옆에 난 3개의 상처는 시간이 지나면서 점차 희미해졌지만 씻거나 옷을 갈아입으면서 매일 만지고 보았다. 나의 몸은 어떠한 방식으로든 수술의 기록을 가지고 있었고 근종의 자취가 남아 있었다. 그것은 동시에 효율적인 경고등 역할도 했다. 근종이 재발하면 끔찍했던 통증과 어지럼증을 다시 겪어야 할지도 모르기 때문이다. 그 기억은 햄버거, 피자, 소시지의 유혹을 떨쳐내는 데 큰 도움을 주었다.

어떻게
살 것인가

"결국 근종을 제거할 거면서 뭐하러 1년 6개월의 시간을 허비했니?"

수술을 받는다고 말했을 때, 누군가가 나에게 했던 말이 생각났다. 단순히 '근종을 제거한다, 제거하지 않는다'의 관점에서 보면 그이의 말이 틀리지 않았다. 수술이 아니면 의미 없다는 의견도 많이 들었다. 맞다. 어떠한 이유로든 생겨난 근종이었고 의학적으로는 자궁에 부정적 영향을 미칠 가능성이 높았다.

하지만 모든 가능성을 열어두고 생각해보자. 만약 근종을 아직까지 발견하지 못했다면? 발견 즉시 제거 수술을 했더라면? 단연코 변화는 없었을 것이다.

여전히 타인의 편견과 무례한 말들을 온전히 나의 잘못으로 유발된 것이라 생각해 스스로를 탓했을 테다. 거기에 받은 상처를 해소하겠다며 기억이 끊길 때까지 술을 마셨을 테고 남편을 붙잡고 "왜 난 이것밖에 못해?"라며 술주정을 퍼부었을 게 뻔했다. 있는 그대로의 나의 여건을 받아들이기보다는 다른 사람들의 SNS를 뒤져보면서 사진 속 타인의 모습과 나의 모습이 동일하지 않다는 사실에 괴로워했을 테다.

과거의 나는 뇌를 속이는 자극적인 음식의 맛만 탐닉하거나 편리함을 놓지 못하며 눈앞에 있는 기쁨만을 소비했다. 행복이란 밑이 깨어진 독에 물을 붓는 것처럼 헛된 일이었다. 근종은 나의 과거에서 찾을 수 있었던 불행과 불만족을 느끼는 마음, 단편적인 쾌락을 추구하는 욕구, 건강하지 못한 선택들이 응축되어 만들어진 세포 덩어리 같았다.

생활 습관을 개선하는 동안, 일부 사람들은 고기를 줄이고 면생리대를 쓰면서 텀블러를 가지고 다니는, 파마와 화장을 하지 않은 지 오래된 나를 보면서 무인도에서 홀로 수십 년을 산 이방인을 본 듯 대했다. 저렇게까지 살아야 하냐며, 예민하다는 수식어를 나에게 붙였다. 그럼에도 그들의 시선은 나를 주눅 들게 하지 못했다. 이제는 편견과 무례한 말들을 향해 "상처 주지 마세요. 이것도 하나의 방법입니다"라고 말할 이유를 찾았다.

근종은 나의 삶의 주인이 나임을 각인시켰다. 근종은 인생을 살아오는 관점을 바꿔준, 명백하게 고마운 존재였다. 흙 속같이 까맣고 볼품없다고 생각한 일상이 반짝반짝 빛나는 소중한 것들로 가득 차 있음을 발견하게 했고, 세상이 숨기려 했던 많은 것들을 직관할 수 있는 통찰력을 길러주었다. 맹목적으로 따라왔던 세상의 규칙들을 거부할 타당한 근거들도 쌓였다.

나의 삶은 나로서 더 자유로워졌다. 비약적인 반응일 수 있으나 근종과 함께한 시간의 인상과 기억은 너무나 강렬했기에 감상적일 수밖에 없었다.

"어쨌든 근종이 줄어들지 않았잖아?"

또, 누군가의 무심한 말이 떠올랐다. 어떤 의도에서 건넨 말인지는 몰라도 책이 끝날 무렵에서 또 다른 자기 고백을 하자면 나는 다소 냉소적이며 현실적인 성격이다. 그런 의미에서 이 질문에 답을 하자면 질문에 긍정하겠다.

근종은 줄어들지 않았다. 아니, 좀 더 자세한 팩트를 나열하자면 생활 습관을 바꾼다고 자궁 근종은 줄어들지 않았으며 자연보호를 위해 애쓴다고 하면서도 쓰레기를 만들었다. 그리고 여전히 세상에 넘쳐흐르는 유해 물질을 피하려고 했지만 결코 완전하게 피할 수가 없었다.

사실은 원래 어느 정도 이상 커져버린 근종의 크기를 자연적인 방법으로 줄이기는 거의 불가능하다. 어쩔 수 없이 커져버리는 게 자연의 흐름이었다. 하지만 근종을 관찰했던 1년 6개월 동안 나의 첫째 근종은 약 1.2cm의 크기 변화만이 있었고 부피를 고려한다면 다른 여성들이 가진 근종의 평균 성장 속도에 비해 10~30%가량이 더뎠다.[4] 그러니 어떤 음식을 먹고, 무엇을 하며 사는지가 근종의 성장 속도에 미치는 지대한 영향을 스스로에게 증명한 셈이었다. 같은 기간 내에 단 1cm가 성장하느냐, 2~3cm 이상이 성장하느냐의 차이는 결론적으로 본인에게 기원했다.

우리의 존재는 우리의 사고와 행동에 의해 정의된다. 그러니 귀찮더라도, 낯설더라도, 어렵더라도, 좋은 선택을 계속 해야 한다는 것이 중요하다.

여성 건강에 대한 인식도 그러했다. 여성 질환을 가지고 있다고 누군가에게 창피해할 이유도, 부끄러워할 필요도 없다. 근종은 잘못된 행동을 해서 생긴 것이 아니고 어쩌다 보니 생겼을 뿐이다. 나는 그 때문에 더욱 당당하게 자궁 근종 환자임을 밝힌다.

생리, 자궁과 같은 여성 건강에 관련된 표현도 인간의 생체를 표현하는 단어일 뿐 민망한 단어가 아니었다. 나는 이런 직접적 표현이 익숙하지 않은 사람들이 익숙해지기를 바라며 일부러라도 사용하곤 했다. 불과 약 2년 전과 확실히 다른 각도의 생각을 가지게 된 것이다.

'과연 무엇을 위한 선택인가.'

옳다고 생각하는 신념을 기준으로 어떻게 살 것인지 선택하고 행동하며 책임지는 과정은 형용할 수 없는 기쁨을 전한다. 자연 보호도 그랬다. 버려질 수 있는 한 가지 물건이 생기더라도 어떻게 활용할 수 있을까 남편과 머리를 맞대고 창의적인 아이디어를 떠올리려 노력했다. 다 쓴 토마토소스 유리병에는 과탄산소다, 베이킹소다, 각종 양념을 소분해서 넣어두었고 때론 꽃을 꽂아두는 화병으로도 사용했다. 몇 번 사용하지도 못하고 버릴 플라스틱 물건들을 사야 할 때에는 가능한 만큼 거리를 두고 관찰했다. 그런 작은 행동들이 모여 스스로를 만들었다.

나는 누군가에게 나의 생활 방식을 강요할 욕심은 전혀 없다. 세상을 변화시키는 데 앞장서겠다는 용기도 없다. 동네방네 떠벌리고 다녀도 당당할 만큼 위대한 일을 하지도 않았다. 개인의 작은 움직임으로 근종 세포가 모두 사라지지 않음을 인정하고 근본적인 환경오염 문제, 여성 건강 인식 향상 등을 모두 모아 해결할 수는 없다는 말에도 동의한다.

하지만 나와 가족이 건강하고 내 주변 사람들이 한순간이라도 더 행복하게 살길 기도한다. 이를 위해 재미있는 생각을 나누고 창의력을 발휘할 수 있음이 즐겁다. 즐거움, 그거면 충분하지 않은가. 본인의 행복은 스스로만이 만들 수 있는 일이다. 그렇게 조금씩 변해가는 스스로의 모습에 만족할 것이다.

그러니 나 하나쯤은 세상에 어떤 영향도 미치지 못할 거란 수동적인 생각에 갇혀 아무것도 하지 않기보다는 즐거움을 찾는 개인적인 움직임을 시작하는 것은 어떨까. 흙장난하던 어린 시절처럼 웃음이 절로 나올 만큼 즐거웠던 기억은 깊은 흔적을 남기니 말이다. 나는 스스로가 겪은 즐거움을 보다 많은 사람들이 함께 느끼길 소망한다. 그래서 플라스틱, 일회용 컵 대신 텀블러를 권하고 여성 질환을 고민할 땐 함께 이야기하는 작은 행동들을 했을 뿐이고 지금도 지속하고 있다.

행복은 거창하고 멋진 것에만 있지 않다. 나뭇잎이 흩날리는 풍경을 바라보고 소박한 저녁을 사랑하는 사람과 나눌 수 있다는 사실로도 마음이 벅찰 때가 있다. 일상의 소소한 조각들을 소중하게 여기면 그게 행복이 된다. 웃을 수 있다는 것만으로도 감사한 날이다. 그런 의미에서 어느 날 갑자기 찾아온 불청객, 자궁근종이 이제는 나의 소중한 일상의 조각임을 잊지 않을 수 없다.

2. 당당한 마음

1. Chen, S., Pitre, E., Kaunelis, D., & Singh, S. (2016). Uterine-Preserving Interventions for the management of symptomatic uterine fibroids: A systematic review of clinical and cost-effectiveness.

2. Shiota, M., Kotani, Y., Umemoto, M., Tobiume, T., & Hoshiai, H. (2012). Recurrence of uterine myoma after laparoscopic myomectomy: What are the risk factors?. Gynecology and Minimally Invasive Therapy, 1(1), 34-36.

3. Wong, J. Y. Y., Gold, E. B., Johnson, W. O., & Lee, J. S. (2016). Circulating Sex Hormones and Risk of Uterine Fibroids: Study of Women's Health Across the Nation (SWAN). The Journal of Clinical Endocrinology and Metabolism, 101(1), 123–130.

4. Darbre, P. D., Aljarrah, A., Miller, W. R., Coldham, N. G., Sauer, M. J., & Pope, G. S. (2004). Concentrations of parabens in human breast tumours. Journal of Applied Toxicology: An International Journal, 24(1), 5-13.

5. Ziv-Gal, A., & Flaws, J. A. (2016). Evidence for bisphenol

A-induced female infertility: a review (2007–2016). Fertility and sterility, 106(4), 827-856.

6. Sun, J., Zhang, M. R., Zhang, L. Q., Zhao, D., Li, S. G., & Chen, B. (2016). Phthalate monoesters in association with uterine leiomyomata in Shanghai. International journal of environmental health research, 26(3), 306-316.

7. Pollack, A. Z., Louis, G. B., Chen, Z., Sun, L., Trabert, B., Guo, Y., & Kannan, K. (2015). Bisphenol A, benzophenone-type ultraviolet filters, and phthalates in relation to uterine leiomyoma. Environmental research, 137, 101-107

8. 한겨레, 2017.10.23, '몸속 환경호르몬 2주 만에 절반 줄인 생활 습관 10가지', 김정수

3. 일상을 반성하는 노력

1. Varshavsky, J. R., Morello-Frosch, R., Woodruff, T. J., & Zota, A. R. (2018). Dietary sources of cumulative phthalates exposure among the US general population in NHANES 2005–2014. Environment international, 115, 417-429.

2. Schulte, E. M., Avena, N. M., & Gearhardt, A. N. (2015). Which foods may be addictive? The roles of processing, fat content, and glycemic load. PloS one, 10(2), e0117959.

3. Templeman, C., Marshall, S. F., Clarke, C. A., Henderson, K. D., Largent, J., Neuhausen, S., ... & Bernstein, L. (2009). Risk factors for surgically removed fibroids in a large cohort of teachers. Fertility and sterility, 92(4), 1436-1446.

4. Riboli, E., Hunt, K. J., Slimani, N., Ferrari, P., Norat, T., Fahey, M., ... & Overvad, K. (2002). European Prospective Investigation into Cancer and Nutrition (EPIC): study populations and data collection. Public health nutrition, 5(6b), 1113-1124.

5. Lee, J. E., Song, S., Cho, E., Jang, H. J., Jung, H., Lee, H. Y., ... & Lee, J. E. (2018). Weight change and risk of uterine leiomyomas: Korea Nurses' Health Study. Current medical research and opinion, 1-7.

6. Nagata, C., Nakamura, K., Oba, S., Hayashi, M., Takeda, N., & Yasuda, K. (2009). Association of intakes of fat, dietary fibre, soya isoflavones and alcohol with uterine fibroids in Japanese women. British Journal of Nutrition, 101(10), 1427–1431.

7. Wise LA, Palmer JR, Harlow BL, et al. Risk of uterine leiomyomata in relation to tobacco, alcohol and caffeine consumption in the Black Women's Health Study. Hum Reprod. 2004;19(8):1746–1754.

8. Moshesh, M., Peddada, S. D., Cooper, T., & Baird, D. (2014).

Intraobserver variability in fibroid size measurements: Estimated effects on assessing fibroid growth. Journal of Ultrasound in Medicine, 33(7), 1217-1224.

4. 나와 지구를 위해

1. Kessenich, C. R. (2001). Continuous topical heat was as effective as ibuprofen for dysmenorrhea. Evidence Based Nursing, 4(4), 113.

2. Eason, E. L., & Feldman, P. (1996). Contact dermatitis associated with the use of Always sanitary napkins. CMAJ: Canadian Medical Association Journal, 154(8), 1173.

3. Mitchell, M. A., Bisch, S., Arntfield, S., & Hosseini-Moghaddam, S. M. (2015). A confirmed case of toxic shock syndrome associated with the use of a menstrual cup. Canadian Journal of Infectious Diseases and Medical Microbiology, 26(4), 218-220.

4. Peddada, S. D., Laughlin, S. K., Miner, K., Guyon, J. P., Haneke, K., Vahdat, H. L., ... & Baird, D. D. (2008). Growth of uterine leiomyomata among premenopausal black and white women. Proceedings of the National Academy of Sciences, 105(50), 19887-19892.